MARIE LA FRAGETTE

Marie La Fragette, née en 1983, titulaire d'une maîtrise en philosophie, mère de quatre enfants, travaille dans un cabinet de conseil en recrutement. *Chasse de tête* (Nouveaux Auteurs, 2010) est son premier roman et a reçu le prix coup de cœur du jury *Femme Actuelle*. Elle est aussi l'auteur d'un guide pratique qui propose des conseils pour la vie professionnelle, *Les pétroleuses cherchent un job* (One plus one éd., 2011).

CHASSE DE TÊTE

MARIE LA FRAGETTE

CHASSE DE TÊTE

LES NOUVEAUX AUTEURS

Ce roman est une œuvre de fiction. Toute ressemblance avec des personnes, des faits et des sociétés existants ou ayant existé ne serait que pure coïncidence.

Le papier de cet ouvrage est composé de fibres naturelles, renouvelables, recyclables et fabriquées à partir de bois provenant de forêts plantées et cultivées durablement pour la fabrication du papier.

ISBN : 978-2-266-21685-2

À Franck et Thibaud,
les meilleurs chasseurs de têtes
de la place de Paris.

— *Sorry, are you Mr Herrington ?*

Il est 8 heures du matin, cela ne fait pas une heure que je suis levée et je dois prendre une voix de Minitel rose pour rechercher Robert Herrington dans un coin reculé du Northampshire.

Je ne sais où les méandres des annuaires m'ont menée, mais manifestement la femme au fort accent pakistanais n'a aucune idée de qui est Mr Herrington.

Qui suis-je pour rechercher un inconnu à 8 heures du matin dans un open space au centre de Paris ? Pas un agent secret, non, mais j'aimerais bien.

Je m'appelle Violaine, Violaine Letellier.

Deuxième d'une fratrie de cinq.

J'ai été élevée au rythme des chants militaires et de la machine à coudre de ma mère dans des garnisons de fantassins aux noms exotiques.

À cinq ans, j'effectuais mon premier saut en parachute en tyrolienne à la fête du régiment.

À sept ans, je connaissais par cœur les paroles de *La Madelon*, chant militaire grivois où il est question si je me souviens bien d'une gentille aubergiste aux charmes généreux.

À douze, je pouvais réciter par cœur les prénoms de tous les enfants de la garnison par ordre décroissant sans me tromper. Bel exploit si l'on songe que chaque famille comptait de trois à quatorze rejetons et que leurs prénoms ressuscitaient des saints pour le moins obscurs.

À seize ans, consécutivement à cette mémoire, je devenais riche en tant que baby-sitter attitrée du régiment et passais maître en l'art de donner le bain à trois enfants en même temps tout en surveillant la cuisson des patates. Lorsque j'eus vingt-trois ans, le bilan était mitigé. Mes connaissances étaient inadaptées au monde des affaires, où je n'ai rencontré jusqu'ici aucun patron qui fredonne *La Madelon* ou me demande un bon bain.

J'avais effectué un cursus universitaire aussi passionnant qu'inutile, spécialisé en anthropologie comparée. Lorsque je gambadais au milieu des réunions Tupperware de ma mère, ce n'était pas tout à fait le destin qui m'attendait. J'étais censée devenir belle, cultivée et apte à élever des tas d'enfants prénommés Jean-Cyr ou Anne-Adelaïde. Simplement, quand j'arrivai au niveau du DEA, il apparut que je deviendrais difficilement plus cultivée et que ma beauté serait toujours ce qu'elle est. Il fallut bien que je trouve un métier pour pallier l'absence de l'autre moitié des chromosomes de ma progéniture.

Je décrochai un stage dans un premier cabinet de recrutement, où mon CV à base de mots barbares et de bénévolat avait fait vibrer la corde sensible d'un consultant qui avait effectué son service militaire chez les marsouins.

Le monde réel m'apparut bien drôle et différent du cocon des casernes. Des tas de gens se donnaient l'air extrêmement pressé d'aller dans des réunions où rien ne se disait. Ils vilipendaient d'un vocabulaire fleuri d'autres congénères qu'ils prenaient ensuite au téléphone avec un grand sourire, parlaient à tout bout de champ en anglais même pour des mots aussi peu utiles à leur business plan que « toilet ». Ma première année de métier fut ponctuée de fous rires solitaires à l'idée de ce que la famille Letellier penserait d'Isabelle qui n'arrêtait pas de faire des effets de cheveux et de Pierre qui commençait chacune de ses phrases par : « Hey, Vio, for your information… »

« Des couilles de loup », diraient-ils avant de faire le compte de nos connaissances envoyées en Afghanistan ce mois-ci. Je suis chasseuse de têtes, et croyez-moi ce n'est pas le pire. Mon instinct de guerrière se repaît dans les vocabulaires de cibles, plans de chasse, scénarios, même si, au final, ce n'est que pour chercher un ingénieur spécialisé dans les détachants ménagers. J'ai ma dose d'adrénaline et, puisque le monde du business semble être rempli de marioles, autant prendre un poste où ils se renouvellent régulièrement. Au fait, un mariole, chez les Letellier, c'est typiquement ce type en costard qui fait les cent pas, l'air écrasé de responsabilités, téléphone greffé à l'oreille alors qu'il définit seulement le menu du soir avec sa femme en attendant que son panini soit chaud.

Je travaille aujourd'hui chez Barney Mac Cowles et suis responsable de la recherche des candidats. En réalité, il n'y a que moi qui recherche les candidats chez Barney Mac Cowles, mais je suppose que ce titre laisse imaginer des bureaux bondés de petites mains dûment cadrées.

Je vais me faire un café. Il faut que je trouve Mr Herrington. La dernière fois qu'il était visible, il était souriant, en short, sur un blog datant de 2001. Sa copine de l'époque, Mindy, avait organisé un concours de pêche au crabe et ils avaient tous l'air passablement frigorifiés.

Après la diversion procurée par cette trouvaille – toute l'équipe s'était resserrée autour de mon écran pour commenter ses mollets –, je n'étais pas très avancée. Il était délicat de contacter Mindy même pour un chasseur de têtes, puisque la suite du blog annonçait clairement que Mindy avait trouvé la paix dans l'élevage des chèvres et rompu avec le capitalisme. On ne m'aurait jamais payé l'aller-retour dans le Larzac pour soudoyer Mindy sur les coordonnées de son ex-petit copain. Étant donné qu'il dirige un fonds d'investissement, il doit faire partie des choses auxquelles elle ne pense plus qu'avec horreur, au même titre que les OGM et le shampoing.

Mr Herrington est le seul banquier d'investissement anglais dans nos filets qui parle couramment polonais et italien. Cette combinaison improbable d'aptitudes linguistiques rend nos recherches passablement compliquées. En effet, pourquoi irait-on apprendre le polonais et l'italien ? Seigneur, si je pouvais être trilingue, je choisirais probablement le russe et le chinois (ambitieuse), l'espagnol et l'anglais (classique), l'allemand et l'anglais (bien élevée), voire l'espagnol et l'italien (coquine), mais nom d'une pipe aucun individu sain d'esprit n'aurait l'idée de devenir trilingue anglais/polonais/italien ! C'est bien pour cela qu'il est précieux, c'est une erreur de la nature. Élevé en Pologne dans un pensionnat anglais avec une mère italienne. Probabilité quasi nulle. Je l'ai trouvé par son école polonaise, et son bout de nom italien, Robert Filippo Herrington, m'a tout de suite fait frétiller.

Le numéro indiqué était faux. J'ai appelé toute sa promotion, glanant des renseignements – donnés avec un fort accent polonais – aussi inutiles que troublants. Ainsi, je me serais tout à fait passée de savoir que le jeune Robert était appelé « chewing-gum » en raison de sa forte propension à mâchonner, et qu'il s'était tapé Olga au bal de fin d'année.

Le jour où j'aurai Mr Herrington en ligne, je ne pourrai m'empêcher de penser à Mindy, Olga, à ses mollets et au reste. Ce sera tout à fait inapproprié.

J'ai poursuivi Mr Herrington au moyen de cinq mauvais numéros. Je suis venue plus tôt ce matin pour essayer ce dernier et me voilà encore le bec dans l'eau, en ligne avec un centre de réinsertion pour jeunes délinquants.

C'est fâcheux mais je ne me plains pas. Aujourd'hui, des tas d'enfants passent huit heures par jour à la mine à gratter le sol pour une poignée de manioc, je m'estime personnellement heureuse d'être confortablement payée à chercher Robert Herrington sur la Toile au travers de ses trips polonais et bobos. Seulement là, c'est fâcheux, j'étais sûre de mon coup. Ce numéro m'avait été communiqué par l'un de ses médecins traitants, à qui j'avais dit être une experte française du paludisme, détentrice du traitement qui devait soulager Robert de ses délicates bouffées de chaleur chroniques. Le médecin qui avait l'air un peu dépassé avait fini par lâcher une série de numéros notés à toute vitesse sur un Post-it. La mine de mon stylo ne marchait pas bien certes, mais je pensais avoir bien appuyé pour lire en transparence. J'aurais dû vérifier mes outils. Ou perfectionner mon anglais. *Eightyfortyhundredtwo* était probablement une combinaison erronée. Il est 9 heures et tout le monde va arriver. Je comptais profiter de ma solitude matinale pour éviter d'étaler mon anglais approximatif. La dernière fois que j'ai appelé l'Angleterre, c'était pour un poste en marketing pour le compte d'un fabricant de cuves en fonte industrielles. Mon « *What do you hnow about Quiouves ?* » (moins je suis sûre du mot, plus j'y mets l'accent) est resté légendaire au cabinet. J'ai dû prétexter une panne de réseau pour couper court à la perplexité de Karen DeMiles.

La porte claque, c'est Chloé Belloux, notre *office manager*. Il faut comprendre « secrétaire » mais Chloé contrôle son appellation.

— Bonjour, Chloé.

— Bonjour, Violaine, quel temps de chien.

Ficelée dans une doudoune grise, les lunettes violettes pleines de buée, elle secoue son parapluie et tape des pieds pour se débarrasser du déluge. Elle me sourit brièvement et se cale sur son poste.

Un long soupir annonce le début de sa journée. Je connais d'avance son rituel, une remarque sur le temps, un soupir et un café.

J'aime beaucoup Chloé car elle m'entraîne sur des terres vierges et dangereuses où chaque mot de travers s'apparente à une flèche empoisonnée. En effet, dans le monde de Chloé, les mots ont trois ou quatre degrés de sens, si on lui dit : « C'est l'heure », elle va comprendre : « C'est l'heure », mais aussi : « Tu es en retard, qu'est-ce que tu fais encore assise, tu traînes depuis ce matin, penses-tu qu'on te paye à rien faire ? »

Il vaut mieux être au fait de cela lorsque l'on travaille avec Chloé, sous peine de se sentir heurté par des mines pincées, voire de spectaculaires crises de larmes en réponse à des remarques somme toute plutôt banales, comme « Où est mon stylo ? », « Le dossier n'est pas là », « Quelqu'un peut-il répondre au téléphone ? », etc.

En tant que seule autre femme du cabinet, donc confidente officielle, j'ai l'immense privilège, je dirais, d'assister à la naissance des crises de doute de Chloé. J'écoute, fascinée, le récit de ses persécutions et suis toujours ébahie par la subtilité de sa paranoïa.

Cela commence par un regard lourd de sens dont le sens justement m'échappe totalement. Elle me prend à part et me dit d'un air consterné : « Tu as vu ? » Je réponds bêtement : « Quoi ? » Ses récits ont en commun le fait d'être particulièrement convaincants, et s'il n'y avait mon implication périodique dans ces persécutions je serais persuadée de travailler au milieu de sadiques.

Nous gérons donc Chloé comme un phénomène météo particulièrement versatile et imprévisible aux conséquences potentiellement graves. Avec prévoyance et fatalité. Nous nous armons de prudence pour éviter de la provoquer et quand ça tombe, on limite les dégâts.

Elle est précieuse car hyper organisée, elle répare souvent mes bourdes avec un sourire complice dont elle seule a le secret. Elle se souvient de tout, c'est un véritable disque dur capable de réciter au boss qui il a reçu quel jour et quelle conversation avait eu lieu près du chauffage le jour où la DRH de chez Henkel était venue rencontrer son expert-comptable.

Chloé revient avec son gobelet brûlant et inspecte le liquide en se réchauffant les mains.

— Tu as vu, hier ?

— Quoi ?

— Il l'a refait…

— Qui ?

— Il est arrivé comme ça et il a posé le dossier Hewlett-Packard sur mon bureau.

— Ah oui ?

— Oui. Je ne me suis pas laissé faire, je l'ai pris comme ça (elle mime en brandissant une pochette rouge) et je l'ai mis sur l'autre bureau en lui souriant bien en face. Il a rien dit. Ça lui apprendra. Je pense qu'il a compris.

— Oui, tu as raison, dis-je en balbutiant et en me disant qu'« il » a bien de la chance.

Il ne peut s'agir que de Marc, « associate » dans notre cabinet depuis deux ans. Il possède autant de psychologie qu'un balai et se livre avec Chloé à une guerre sans merci depuis la minute de son arrivée. Minute mémorable où il a franchi tel un conquérant la porte du cabinet et tendu son manteau à Chloé avec un sourire ravageur et un : « Bonjour, c'est vous l'assistante ? »

Il s'en était suivi une lettre de démission hystérique, des excuses étonnées de Marc et le début d'une guerre froide ininterrompue. Guerre toutefois tempérée par le fait que Marc s'en fiche totalement comme de tout ce qu'il ne peut pas facturer.

C'est pour ça d'ailleurs qu'il a été embauché, pas pour Chloé mais pour facturer. Le cabinet d'Exécutive Search Barney Mac Cowles a été fondé par le boss il y a vingt ans. Tristan de Grignon avait pour lui un air paternaliste, un diplôme de Sciences-Po et une foule de relations dans toutes les branches d'activités possibles et imaginables. Cela lui assura un nombre considérable de missions qu'il mena consciencieusement à bien. Aujourd'hui, il assure la pérennité de son chiffre d'affaires grâce à Marc Durland, espèce de prédateur des open spaces qui facturerait même l'embauche d'une femme de ménage pour sa mère. Tristan peut ainsi se consacrer à son passe-temps favori, les déjeuners avec des tas de Grignon, de La Pompe et autres du Bonbon, et ramène confortablement une mission de temps en temps tandis que Marc mouline au téléphone toute la journée avec son rire gras et ses formules choc, type : « Chez Barney Mac Cowles, vous aurez une approche pragmatique et humaine de votre recrutement », ce qu'il faut traduire par : « On va vous en trouver un bon pas cher. »

Et ça marche, Marc fait son chiffre, et même s'il le trouve un peu vulgaire voire carrément insupportable, Tristan se console en touchant trente pour cent des factures et en écrivant en cachette des vers inspirés de ses parties de chasse à la campagne le week-end (je le sais, j'en ai surpris un florilège sur un dossier candidat, où il était question d'une biche claire et d'une Diane au chapeau vert).

Incontestablement, Marc se classe selon notre palmarès familial dans les marioles de première catégorie. Et encore, j'ai toujours caché le fait que, quand Marc est euphorique, il devient salace et me gratifie de blagues douteuses et de regards lubriques. Cet élément doit être caché pour la sécurité même de l'intéressé qui risquerait de se retrouver dans un état intermédiaire fort embarrassant suite à l'intervention paternelle. En effet, mon père nous a prévenues dès notre entrée à la maternelle que tout phénomène masculin susceptible de nous manquer de respect devait lui être signalé pour subir une correction légitime et mémorable potentiellement handicapante pour sa descendance. Fort heureusement, nos grosses barrettes Vichy de forme animalière plantées sur le haut de nos têtes jusqu'à notre seizième année comprise nous donnaient une telle allure qu'aucun garçon même saoul ne s'avisa jamais de nous manquer de respect. Quant à Marc, je suppose que ses boutades sont plus l'effet de l'excitation due à la perspective d'un gros chèque que provoquées par mon sourire ravageur.

— Salut les poulettes !

Marc qui vient d'arriver a l'air fort satisfait et nous sourit de toutes ses dents, il semble se souvenir de notre existence, ce qui signifie soit qu'il a besoin de nous, soit qu'il est porteur de nouvelles particulièrement alléchantes. Il porte un costard bleu sombre et une cravate orange vif. Ses cheveux châtain clair ont l'air d'être brushés, ils effleurent sa joue d'un mouvement souple. Ses petits yeux marron pétillent.

— C'est pas une basse-cour ici, marmonne Chloé en quittant la pièce.

Cette réplique, je le sais, me sera répétée et marquée dans le palmarès des répliques percutantes de Chloé à Marc.

Ce dernier comme d'habitude n'en a cure et tente de s'asseoir d'un mouvement nonchalant sur le bord de mon bureau. Son effet est quelque peu tempéré par le fait qu'il écrase un reste de cookies au chocolat sur le dossier Robert Herrington. Je le regarde avec détresse réduire à néant mes espoirs de lire en braille mon Post-it à présent maculé de chocolat. Là encore, Marc semble indifférent au désastre et me regarde d'un air gourmand.

J'attends, inutile de jouer aux devinettes, Marc ne résiste jamais longtemps au plaisir de partager ses impressions.

— Alors, Violaine, ça va ?

— Eh bien, oui, et toi ?

— Bien, ça va tes recherches ?

— Ça avance. Justement, ce matin, j'ai tenté d'appeler Robert Herrington et…

— Ah oui, bien, bien, mais ne t'inquiète pas, ce matin, j'ai autre chose pour toi…

— Ah bon ?

— Oui, ma belle, on va prendre un brief lundi…

J'ai ma réponse, Marc est porteur de nouvelles particulièrement excitantes, il a un nouveau job. D'où les poulettes et l'air chafouin. Ça veut dire qu'il a décroché un contrat et que nous allons ensemble voir le client pour prendre la description du poste recherché. Là, je quitte mon air blasé car un nouveau job, c'est toujours effectivement excitant. C'est un petit monde qui s'ouvre, de nouveaux protagonistes, des opérationnels débordés et même, si l'on a un peu de chance, un DRH qui se prend pour Dieu en personne au-dessus de son bureau en contreplaqué d'où il manage l'irremplaçable ressource humaine productrice de produits aussi capitaux que les colles chimiques, par exemple.

— On va où ?

— Chez Portorosier, leader mondial des ressorts cylindriques.

Marc attend ma réaction.

J'essaie de ne pas avoir l'air trop déçue et d'apporter à l'ego de Marc une réaction appropriée. Grand sourire :

— C'est super ça, bravo.

Marc est enchanté.

— Oui, ça fait des mois que je le travaille au corps, un joli coup, un joli coup.

Marc fait à présent les cent pas, les mains dans les poches, et je sais que je vais avoir droit par le menu à l'histoire d'amour entre Marc et M. Chemouli, directeur du leader des ressorts cylindriques.

— Pour ta gouverne, commence-t-il – et je sais que ce qui va suivre est moins destiné à ma gouverne qu'à la sienne, Marc adore se répéter combien il est bon… Pour ta gouverne, je l'ai repéré au Salon du ressort en juin. J'avais été invité par Jean-Marc au stand des peintures acryliques, tu sais mon client de Moselle. Jean-Marc me l'a présenté et j'ai tout de suite senti l'ingénieur, tu vois, le type droit, carré. Le mec qui a besoin de concret, alors, je l'ai pris entre quat'zyeux. J'ai commencé par une blague : « Dites donc, vous, le Salon des peintures, c'est pas au Louvre ? » Le mec, il a tout de suite accroché, on a sympathisé et comme je te dis, j'ai collé à sa psychologie, des chiffres, du résultat et je ne m'étais pas trompé, c'est un gars pas mauvais qui développe la société depuis quatre ans. Bon contact, bon contact. Et voilà, j'avais mis le pied, il ne restait plus qu'à m'y fourrer. Le type, je l'ai pas lâché, je l'ai pas lâché. J'ai rappelé toutes les semaines.

Pour te dire, rapport à ma blague, le courant passe, il m'appelle « De Vinci », comme quoi, un mec sympa, de l'humour. Donc, hier, je l'ai rappelé, il m'a dit comme ça : « De Vinci, j'ai un poste qui me pose du fil à retordre. » Tu me connais, sans arrêt sur la brèche, que je lui fais : « Ah, eh bien, ça, M. Chemouli, c'est le comble pour un ressort. » Bref on a ri, et là, d'un coup, il redevient sérieux alors je sens que c'est plus le moment, tu vois, les ingénieurs, il ne faut pas les prendre pour des cons. Tout de suite, je me positionne, et là, c'est comme ça qu'on voit les esprits carrés, hop, il me synthétise le job. Un directeur commercial, cinq ans d'expérience, trilingue, mobile. Je lui dis : « Ça, c'est mon quotidien, M. Chemouli. » Ça l'a impressionné. C'est dedans, on va le faire à dix mille, on a pris date pour lundi, tu es prête ?

Marc a besoin de décoration utile.

— OK, super.

C'est un autre effet de mon éducation, je bondis comme un petit soldat à la première injonction. J'espère que le trilingue est d'une famille connue, pas d'une obscure tribu hongro-sino-turque par exemple.

— Bonjour, tout le monde.

La voix grave de Tristan contraste agréablement avec celle de Marc qui grimpe dangereusement dans les aigus sous l'effet de la jubilation.

Si ses traits n'étaient pas indubitablement aristocratiques, on pourrait dire que mon boss a l'air d'un véritable clochard. Il a les paupières très lourdes, peu de cheveux et une raisonnable bedaine. Pour cela, rien à dire, c'est son outil de travail. En effet, comment ramener des jobs avec une salade feta-tomates et un Coca zéro. Je suppose que les Grignon, les de La Motte et autres personnages aux noms de paysages doivent être copieusement arrosés de bordeaux et de foie gras avant de devenir solvables.

J'aime bien mon boss car, même s'il est un peu couille de loup, il est poli, courtois, distrayant. Pour quelqu'un avec qui l'on passe ses journées, ce sont plus que des qualités. Il faudra que j'y songe dans le conseil en recrutement. On fait parfois un choix entre des personnes à compétences égales sur des motifs parfaitement fallacieux, tels que leur beauté, leurs hobbies, leur ville de naissance. J'aimerais dire à mes clients qui hésitent que, quitte à être injuste, autant l'être intelligemment. Il existe des critères vitaux auxquels on ne pense jamais au cours d'un recrutement. La personne fait-elle du bruit en mangeant, quels sont ses goûts musicaux, est-elle sujette au rhume des foins. Sur des profils similaires, on en choisit une jolie, adepte du feng shui, qui passe ses vacances à l'île de Ré, et on se retrouve coincé avec une collègue qui mastique des Kit Kat à longueur de journée et se mouche sans arrêt sur fond de black métal. Croyez-moi, il vaut mieux un collègue poli que bien roulé. La plastique de Marc a cessé de m'impressionner au moment où il a commencé à faire des bulles de chewing-gum à intervalles réguliers.

Tristan et ses grosses bajoues a l'avantage d'être silencieux et agréable. Il écoute vos phrases jusqu'au bout et ne semble pas vous trouver périodiquement invisible. Il se contrefout probablement autant de nous que Marc mais a la délicatesse de n'en rien laisser voir.

— On va prendre un brief chez Portorosier, déclare Marc qui arpente toujours fièrement la petite surface de notre open space.

— Hum, rappelle-moi, qui est Portorisier ? fait Tristan distraitement en épluchant son courrier.

Marc est consterné, il a dû tenir au jour le jour Tristan au courant de son feuilleton avec M. Chemouli. Et tous les jours, Tristan lui demandait probablement : « Rappelle-moi qui est Portorusier », réduisant à néant d'une pichenette les efforts de Marc pour l'impressionner de ses talents commerciaux.

— Portorooosier, reprend Marc. LE leader des ressorts cylindriques. M. Chemouli, du Salon.

— Bien, bien, bravo.

Tristan le regarde gentiment, et c'est là le drame de Marc. Quels que soient ses exploits, Tristan le regarde toujours du haut de ses brumes aristocratico-poétiques, ébahi devant tant de mouvements.

Et bien entendu, plus Marc surnage, plus Tristan regarde ses efforts, perplexe, avec l'air de dire : c'est bon, on se calme, de toute manière, tu ne vas pas aller bien haut.

Mais de façon fonctionnelle, comme je l'ai dit, Tristan est enchanté de la niaque de Marc qui lui permet de conserver son chiffre et ses week-ends de gentilhomme tandis que l'autre écume les annuaires à la recherche d'un potentiel client avec qui il aura le « fit ».

Marc fait claquer sa langue et d'un regard me met au garde-à-vous pour me faire un brief pré-brief sur le monde de Victor Chemouli.

Robert Herrington l'anguille attendra. Je laisse là mes notes sur Mindy, Olga et les autres pour ouvrir une page vierge dans l'histoire du ressort.

*

Il paraît que quarante pour cent des célibataires rencontrent l'âme sœur sur leur lieu de travail. Mon père semblait enchanté de m'annoncer cette statistique à notre dernier déjeuner dominical. Pour rencontrer son futur, rien de tel qu'un mariage ou le bureau. Alors que j'ai sans succès écumé les mariages de toutes mes amies et cousines jusqu'aux plus lointaines (je vous passe le détail de ces mortelles cérémonies bretonnes, pluvieuses, peuplées d'étranges matrones habillées en tailleur fluo ; j'ai tenté d'y noyer mon chagrin dans du mauvais vin entre un saint-cyrien monomaniaque des sabres et d'improbables jeunes filles à côté desquelles les demoiselles de *La Petite Maison dans la prairie* passeraient pour des gourgandines…), voilà en tout état de cause une donnée qui redonne de l'espoir à mon père quant à mon avenir. En effet, il semble réellement perplexe du tour pris par ma vie et ne manque pas une occasion de me mettre avec un œil gourmand sur la piste de potentielles amours.

— Putain, t'es mal barrée, avait tranché Odile en donnant le sein à son dernier bébé.

Odile est ma sœur. De cinq ans mon aînée, elle se prend pour une délinquante depuis qu'elle a fumé un joint en bas d'une tour au hasard d'une affectation à Aubagne il y a quinze ans. Cette expérience ainsi qu'une liaison éphémère avec un junkie nommé Pietr lui confèrent une aura de rebelle qu'elle revendique fièrement et perpétue en parlant de façon ordurière. On pourrait faire un dictionnaire entier d'insanités, après une journée passée avec Odile. En dépit de ses quatre enfants, de son mari sous-marinier et de sa collection de sacs Longchamp, elle passe son temps à fumer, à proférer des horreurs et tire une gloire de ses coups de gueule en tous genres contre ces débiles de caissières, ces abrutis de vieux et cette pouffiasse de Solange (sa partenaire de belote au cercle des officiers).

Mon père est, quant à lui, horrifié et confondu devant ce déluge d'insanités et se demande ce qu'il a fait pour engendrer une fille aussi distinguée qu'un bidasse de seconde classe et une autre qui passe ses journées à mentir au téléphone. Odile étant une femme mariée, il se contente de la regarder comme si elle était porteuse d'une maladie contagieuse et me réserve toute son attention paternelle en me gratifiant de conseils pour me trouver un mari qui aurait fort bien convenu à une débutante de 1930.

Nous sommes aujourd'hui six à table. Seul manque mon frère Ladislav, de un an mon cadet, en mission en Afrique. Une photo de lui en uniforme trône sur le guéridon. Il fume la pipe avec ce qu'il appelle pompeusement dans sa lettre un « grand chef de village ». La légende dit qu'il fait de la remontée stratégique d'information. En fait, il a juste l'air de se la couler douce et sa mine réjouie a donné lieu le temps d'un dîner à d'audacieuses conjectures quant à la nature exacte de la contenance de la pipe. Mon avis était qu'il valait mieux pour lui fumer la pipe en Afrique que de casser la sienne en Afghanistan. Avis que j'aurais mieux fait de garder dans les brumes de mon cerveau si j'en juge par la tempête de railleries qu'il a déclenchées, du style :

« Violaine devrait écrire les slogans pour les biscuits pour chien », ou : « T'as jamais pensé à devenir prophète ? » Les joies des familles nombreuses…

Nous attaquons donc le déjeuner sous la houlette de Ladislav et de son grand chef, et dans ce brouhaha où il est question de kermesse, de chorale et de patrons de couture, j'ai la sensation d'être une schizophrène, si l'on considère que, hier, je nageais dans le monde magique de Robert Herrington avec un collègue dont le budget chaussures du mois équivaut à ce qu'a jamais dépensé ma mère pour sa garde-robe au cours de toute sa vie. Cela en comptant les bals d'anniversaire de promotion de mon père.

Mes frères jumeaux, Corentin et Célestin, se battent en bout de table pour une mystérieuse histoire de vélo et ma mère inspecte le fond du plat de salade pour voir ce qui pourra resservir à la soupe du soir.

Dans le salon traîne une foule d'objets hétéroclites tels que des cartables, une grande pancarte avec plein de cercles concentriques pour le cours de biologie si j'ai bien compris, un appareil à raclette, une machine à coudre et des tas de jouets assez flippants appartenant à mes neveux. Un nounours violet donne la réplique à des poupées dont le look ferait pâlir d'envie n'importe quel travelo. Ils sont tous installés sur de minuscules chaises Empire chacun avec un énorme bavoir devant un repas improbable en plastique, frites et grosses grappes de raisin écarlate.

Vu sur un plan isolé, on se croirait dans un film d'horreur, surtout avec Odile en fond sonore qui gratifie Eugène d'un élégant « c'est pas vrai, t'as encore gerbé ».

Eugène conserve un air placide au-dessus de sa collerette en dentelle et Odile retourne à ses moutons, c'est-à-dire moi :

— Sans déc, papa, vu les marioles avec qui elle bosse, tu serais pas déçu du voyage.

C'est vrai qu'une rencontre entre Marc et papa dans les circonstances d'une présentation officielle fait partie des scènes dont l'improbabilité est aussi souhaitable que regrettable.

Mais effectivement, le futur géniteur de mes enfants pourrait se cacher dans le coin obscur d'un centre d'affaires. Ce n'est pas la première fois que j'y pense mais, fait remarquable, c'est la première fois que mon père, lui, y pense. Jusqu'à présent, le monde civil nous était plus désigné comme une nécessité peu glorieuse, destinée à faire tourner le décor des héros. Il faut bien que des gens construisent, vendent, organisent, administrent, pour que les soldats puissent s'occuper des choses cruciales. Un commercial de chez Henkel aurait toutes les peines du monde à faire comprendre à mon père pourquoi il se lève le matin, considéré tout au plus comme bien brave de bien vouloir écouler son stock de lessive. Et en effet, c'est imparable, personne n'oserait prétendre qu'un paquet de lessive est plus important qu'un génocide en Bosnie. Le militaire ne travaille pas, il sert ; autour de lui la foule des pékins s'agite sur les problèmes certes réels mais totalement inintéressants la plupart du temps. Je suis donc assez touchée que mon père conçoive le monde qui m'entoure comme pouvant progressivement intégrer le sien. Peut-être se résigne-t-il à mon état de vie. Une sorte de plan B. Il espère probablement que la gloire sautera une génération. Il viendra susurrer *La Madelon* à l'oreille de mes tout-petits quand leur pékin de père et moi-même auront les yeux tournés.

Je termine mon dessert avec entrain avant de me préparer à retourner dans ce que j'appelle pompeusement mon « studio ». Une chambre de bonne de grand standing avec parquets et moulures dans le 17e arrondissement où je peux, jour de grand faste, faire rentrer jusqu'à trois personnes en même temps. Le dimanche soir a toujours un goût de fin du monde. Surtout lorsque l'on est seul dans treize mètres carrés, même avec vue sur la tour Eiffel.

*

Ragaillardie par la force des statistiques, j'attaque ma semaine avec un regain d'optimisme sur le monde en général et la présence prouvée d'hommes à marier dans des endroits aussi improbables qu'une usine de ressorts.

Lorsque je rejoins Marc le lundi matin dans une banlieue de Melun, le climat est plus propice à un décor de film d'art et d'essai qu'à la romance. Les nuages lèchent le haut des bâtiments. La pluie s'est transformée en un crachin qui nous gratifie de son humidité sans nous mouiller totalement, ce qui nous place d'entrée de jeu devant un dilemme embarrassant : « Je prends mon parapluie ou pas ? »

Finalement le parapluie est resté dans la voiture, et Marc et moi nous sommes pressés jusqu'au sas d'entrée. Une grosse dame aux ongles rouges inspecte dans une glace le maquillage de ses paupières et ce faisant, comme tout un chacun, ouvre grandement la bouche.

— Bonjour, Marc Durland et Violaine Letellier, société Barney Mac Cowles, M. Chemouli nous attend, lui dit Marc.

— Vous avez rendez-vous ? demande machinalement Ghislaine Bois (c'est écrit sur son badge).

— Oui, M. Chemouli nous attend, répète Marc avec un sourire Colgate pour accélérer l'effeuillage des fiches de rendez-vous par les ongles rouges, car nous sommes pile à l'heure, presque en retard.

— Deuxième étage, troisième porte à gauche, c'est tout droit.

Ghislaine Bois reprend sa glace et nous sourit brièvement.

Marc et moi nous présentons au deuxième où M. Victor Chemouli dûment averti par Ghislaine nous accueille dans un long couloir cerné de portes vitrées. Approchant de la cinquantaine, il est habillé d'un costard gris clair sur une chemise verte bariolée de minuscules trombones beiges. Quelques cheveux blancs parsèment ses boucles noires réparties sur les côtés de sa tête.

— Victor…

— Marc…

Les deux hommes se serrent la main et se confirment leur état civil en un étrange rituel que j'ai souvent observé et qu'on pourrait intituler « salutations d'hommes très importants qui vont avoir des choses cruciales à échanger ». Le regard est grave, la poignée de main ferme. Les pieds bien campés sur le sol, ils soupirent légèrement d'un air débordé.

Cela fait, Marc se tourne vers moi et me présente d'un revers de la main :

— Voici Violaine Letellier, responsable de la recherche de Barney Mac Cowles.

Je prends l'air grave et essaie de rentrer dans la danse sans m'emmêler les pieds. Victor Chemouli me dévisage et je ne parviens pas malgré ma perspicacité légendaire à déchiffrer ce que lui inspire ma personne.

Nous commençons par un petit tour du propriétaire qui nous permet de humer l'ambiance. Ces impressions nous seront précieuses pour imaginer le prochain gagnant qui foulera la prestigieuse moquette grise de Portorosier.

Le directeur tient à nous montrer les différents services. Tel le gardien d'un zoo rempli d'espèces rares et prestigieuses, il nous ouvre les différentes portes en verre et commente avec componction les fonctionnalités des humanoïdes assis à leurs postes. Ceux-ci, heureux de la diversion, nous regardent avec curiosité, on aurait presque envie de leur lancer des cacahuètes pour les remercier de leur démonstration bienveillante.

— La compta… annonce-t-il devant la première porte.

Dans ce service, trois personnes au-dessus de leurs bureaux en formica dévissent la tête de leur écran à notre arrivée.

— Nous avons intégré SAP il y a deux ans, commente Victor Chemouli. Notre équipe gère l'intégralité de la comptabilité et des paies sur logiciel… L'ADV, continue-t-il devant la seconde porte.

Manifestement, c'est une espèce plus bruyante et, nous confie-t-il d'un air blasé, « très sujette aux maternités ». Marc hoche la tête d'un air entendu et désolé. Si Victor Chemouli connaissait ma sœur, il serait probablement heureux de son sort.

Ici, ça sent le thé à la framboise, le parfum et les potins. J'ai une subite envie de me poser au milieu d'elles pour débattre des dernières crasses du directeur et de la meilleure recette de macarons au lieu d'opiner bêtement du chef aux remarques bêtes et sexistes du directeur. Dommage, je suis dans le mauvais camp aujourd'hui, je me vengerai en racontant ça à Chloé tout à l'heure. On prendra un café et je lui rapporterai les propos du client avec un air de conspirateur.

La visite continue. Nous franchissons le seuil de

l'open space des commerciaux, race nettement plus intéressante aux yeux de M. Chemouli.

Ici, ça sent plutôt l'after-shave. Si j'en crois les statistiques, ce serait plutôt dans ce bureau que le destin pourrait me guetter mais pas de chance pour moi, l'espace est désert. Le commercial est une espèce qui s'épanouit sur le terrain. Seule sa trace demeure et atteste de sa vigueur. Un PC allumé, une veste posée sur une chaise, un lecteur MP3 sur un bureau et, dans l'air, cette odeur subtile d'homme qui présente bien.

Reste la « prod ».

Nous pénétrons dans un atelier effroyablement bruyant. C'est ce que je préfère. Les ouvriers nous regardent d'un air goguenard ; M. Chemouli nous montre avec fierté le produit fini et il en est d'un coup touchant, presque ému de nous présenter ce petit ressort noir. Il nous décrit ses fonctionnalités avec passion. C'est un ressort extrêmement solide et flexible, destiné surtout à l'industrie automobile. Il est inoxydable et recyclable. De l'industrie de pointe. Victor traîne devant nous un responsable d'équipe qui nous décrit le processus de production. Firmin travaille ici depuis dix ans. Firmin semble nous trouver grotesques, endimanchés au milieu des machines, et je le comprends. Il nous explique comment par un processus extrêmement complexe les tiges sont transformées en ressorts. Quand vient le moment des questions, je me garde bien d'en poser, car l'exposé a été quelque peu troublé par la présence d'un groupe d'ouvriers en pause, qui tirent sur leur clope derrière une porte vitrée en commentant nos bobines de cols blancs. Je suppose qu'ils ne sont pas en train d'évoquer mon CV compte tenu de la jupe ridiculement citadine que j'ai mise ce matin avant de savoir que je serais dans la ligne de mire de tout un atelier.

Je hoche donc la tête avec concentration, puis nous remontons dans la foulée du directeur pour attaquer le brief.

Victor Chemouli nous installe dans un bureau autour d'une table en verre. Je m'assois le plus correctement possible pour éviter les effets de transparence et, stylo à la main, j'attends les fantasmagories à venir. Notre rôle ici est de brider les rêves sans les réduire à néant. En effet, à ce moment précis où l'opérationnel se confie, entrent en jeu des mécanismes psychologiques plutôt étranges et flous. Une part de ses rêves et frustrations va se cristalliser dans la description de la personne à rechercher. Parfois, il semble que l'on nous prend pour des sortes de magiciens capables de faire surgir un bonhomme sur mesure. On contemple le fruit de leur imagination et, selon l'envie, on retouche. « Non, je dirais plutôt un diplôme comme ça », ou : « Vraiment, il doit avoir travaillé là », ou encore : « De préférence tel âge ».

Une constante, tout de même, trois critères reviennent pour tous les postes : le candidat doit être bon, humble, pas cher.

— Nous sommes dans un contexte extrêmement porteur, commence Victor Chemouli, les voitures hybrides ont le vent en poupe et nos ressorts entièrement recyclables ont reçu le prix 2008 de l'industrie éco-citoyenne. Nous comptons aujourd'hui deux ateliers, un ici, l'autre près du Mans.

» Notre équipe compte cinq commerciaux et nous souhaitons rationaliser et fédérer leur travail par le recrutement d'un directeur commercial. Il va prendre la direction de l'équipe et porter le marché sur l'international. Il doit avoir du leadership mais aussi de l'humilité pour s'imposer dans une équipe déjà constituée depuis de nombreuses années, il doit être parfaitement trilingue anglais allemand et maîtriser les subtilités du marché du ressort. Il doit justifier d'un bon niveau intellectuel, car il s'adressera à des interlocuteurs de haut niveau, grande école de commerce ou d'ingénieur.

Je me retiens d'applaudir et note la rémunération proposée.

— Quels atouts pouvons-nous vendre aux candidats ? rebondit Marc.

— Eh bien, on peut souligner notre forte croissance, et l'avantage de travailler dans une structure à taille humaine où je crois il fait bon vivre. Nous n'avons pas eu une seule grève en dix ans.

Je note soigneusement, tout en songeant qu'il faudra trouver d'autres arguments car les mots « forte croissance, taille humaine, ambiance chaleureuse » vont allumer dans l'esprit des candidats une grosse lanterne rouge clignotante « surcharge de travail, sous-effectif, locaux miteux ».

— La recherche va être difficile, je ne vous le cache pas, reprend Marc, qui n'est pas pris d'une sollicitude soudaine pour la difficulté de mon travail, mais qui cherche à aborder à son avantage la négociation des honoraires.

Là, je décroche car, si cela m'amuse d'imaginer un nouvel élément du puzzle Portorosier, la contractualisation de l'accord m'ennuie profondément. Par la fenêtre, de grands chênes continuent de recevoir leur crachin, les ouvriers ont terminé leur matinée et se dirigent allègrement vers les grandes grilles. Ils iront probablement au troquet d'en face où le sandwich est annoncé à quatre euros avec boisson. Je me demande ce qu'ils peuvent se raconter, eux, quand ils parlent boulot, sûrement des histoires de ressorts récalcitrants…

— À bientôt.

Je sursaute, Marc s'est levé. Il serre la main de M. Chemouli. Je rassemble mes affaires et me lève. J'ai toujours su rêvasser avec un air très concentré.

Nous franchissons de nouveau le sas où la place vide de Ghislaine indique clairement que l'heure a tourné.

Marc a l'air plus que satisfait, c'est quasiment signé. Il me sourit. Marc est content. Comme c'est lundi, qu'il vient de rapporter une affaire et qu'il n'a rien d'autre sous la main, Marc m'invite à déjeuner.

Nous nous installons dans un bistrot qui paraît encore enfumé bien que plus personne n'ait le droit d'y allumer une cigarette. L'endroit rêvé pour commander une bavette.

— Comment ça va, Violaine ?

Peu habituée aux attentions de Marc et aux égards tout court, je deviens rouge comme une pivoine. Ce qui est embarrassant parce que de là à imaginer que je me meurs d'amour pour lui il n'y a qu'un pas. Aussitôt franchi. Marc baisse les yeux avec l'air de celui qui sait.

— Ça va, dis-je pour me rattraper, il y a pas mal de travail en ce moment.

— Oui, tu me disais ça, ce matin. Pour Robert Herrington, j'en ai parlé hier à notre client et le nom lui disait quelque chose, il est apparemment connu dans le monde du trading polonais ?

— Oui… Il habite en Angleterre, ça, j'en suis sûre, mais je n'ai pas encore mis la main sur son numéro de téléphone.

— Hum, Violaine, tu es un fin limier.

— En fait, ce n'est pas tout à fait calé mais je me donne encore une semaine, le temps de soudoyer son podologue.

À mon grand étonnement, il rit. D'un coup le déjeuner ne m'apparaît plus comme une corvée et je m'attaque avec entrain à ma bavette. Marc a retiré sa cravate et, avec ses cheveux qui partent en vrille, on dirait un étudiant.

— Tu prendras bien un petit verre de vin ?

Marc me commente ses dernières touches dans l'industrie et se confie sur le fiasco de ses dernières vacances avec Édith, sa fraîche ex-petite amie.

— Tu vois, il faut se méfier des tour-opérateurs, ils te vendent le Pérou et tu te retrouves sous la pluie avec une turista d'enfer. Bonjour la détente. Le mec, il m'avait vendu quinze jours dans un hôtel de rêve ; Édith, ça faisait des mois qu'elle attendait ça. Tu parles d'un cadeau ! En pleine saison des pluies qu'on était, et ça, ils ne l'écrivent jamais sur le dépliant.

Ce séjour leur avait porté le coup de grâce apparemment. Édith n'avait pas apprécié de craquer ses économies pour se retrouver quinze jours sous la pluie à tenir la cuvette au-dessous de son Marco tout vert. Il faut beaucoup d'amour pour supporter les vacances.

Le récit de mon séjour en famille dans la Creuse lui fait oublier pour quelques instants les frimas dominicains. Mes parents ont investi dans une maison de caractère, c'est-à-dire dans laquelle le concept de chauffage n'a pas encore fait son chemin. Comme il a fait treize degrés en plein mois d'août, j'ai passé le plus clair de mon temps roulée dans une couverture telle une réfugiée en grande détresse. La charmante vieille personne qui y vivait avant nous a oublié sa collection de romans de poche à l'eau de rose et j'ai pu me complaire dans les aventures d'orphelines outragées, de femmes médecins belles et indomptables, de princesses poètes et rebelles.

S'en est suivi un échange passionné sur les dérèglements climatiques et je me suis surprise à opiner d'un air entendu « non mais c'est vrai y a plus de saisons ».

J'ai remercié le ciel qu'Odile n'ait pas été là pour surprendre mon air bête et inspiré, sans quoi elle n'aurait pas manqué de s'écrier : « Putain, ma poule, là, tu déchires ! »

Lorsque nous sommes rentrés quasiment bras dessus bras dessous, j'ai eu la sensation de commettre une trahison envers Chloé, qui nous a accueillis avec une mine stoïque et résignée.

— C'était bien, ton déjeuner ? me demande-t-elle.

— Oui, très bien, on est allés chez Mario, tu sais, la brasserie à la sortie du métro…

— Vous avez de la chance…

— Tu sais, on est sortis tard du rendez-vous client et…

— Oh, je sais, vous avez des emplois du temps terriblement importants.

Je ne réponds rien et m'installe. Ça n'a pas l'air trop grave, le psychodrame aujourd'hui restera larvé.

— Tu sais quoi, on a un nouveau poste…

— Ah, c'est bien. Au fait, on a appelé pour toi, les messages sont sur ton bureau. La société de pressing de Mr Herrington te fait dire que même pour un cadeau surprise offert par le magazine *Télé fan*, ils ne sont pas habilités à te communiquer les coordonnées de leurs clients.

Dommage.

J'offre un café à Chloé et lui raconte ma journée pour la dérider, mais elle reste de très mauvais poil, ce qui est inhabituel. Les humeurs de Chloé sont généralement à peine notables avant d'être oubliées. Elle ne commente même pas mon anecdote de Chemouli et de sa basse-cour. Elle est visiblement préoccupée.

— C'est clair, répond-elle d'un air distrait à chacune de mes paroles.

Même si je n'attends pas forcément de mes conversations avec Chloé une dialectique thèse-antithèse-synthèse, un minimum de répondant m'est nécessaire. La nature a horreur du vide.

Si je ne peux même plus indigner ma collègue avec la marche des puissants de ce monde, le bureau perd une partie de son piquant. Tant pis, pas de révolution ni de prince charmant aujourd'hui.

Je prends mes affaires, et me rends compte que je suis dans une situation aussi neuve que douloureuse : je n'ai pas plus envie de me retrouver chez moi que de rester au bureau. Mon studio est sympa, mais à peine entré on a déjà les pieds dans la douche. En plus, il faut enjamber le bac pour atteindre les toilettes. À chaque fois que quelqu'un vient chez moi, il est obligé d'inspecter le fond de ma douche avant de s'installer sur le trône, et je dois vite mettre de la musique en fond sonore pour éviter d'entrer dans des détails dont on se passe bien de la part de simples amis.

Je soupire et contemple notre open space. Chloé fait la gueule, Marc raconte des blagues à Tristan qui s'en fout et voudrait bien écrire ses poèmes tranquille. Quand l'histoire arrive à sa chute, il dit : « Ah oui, c'est fort » d'un ton incertain et on sent qu'il prie pour que ce soit la dernière. C'est lundi, 18 h 30, même la photocopieuse pète un câble et lâche de drôles de petits rots en retenant les feuilles en otage.

Je vais quand même rentrer chez moi.

Il faudra que je demande à mon père où se rencontre le reste des couples.

*

Sophie Legrand croise ses longues jambes gainées de noir. Elle regarde Marc dans les yeux sans paraître le moins du monde intimidée. Elle est plutôt mince avec des cheveux blonds et une mâchoire prononcée, carnassière. Elle porte un long sautoir vert accordé à ses yeux sur une tenue sombre. On voit un peu la racine brune de ses cheveux, elle n'est pas très maquillée et chez elle, cela veut dire : « Je n'ai pas besoin de ça. » Elle est faussement simple, sophistiquée avec décontraction.

Lorsque je l'ai prise en photo, elle a posé, souriante.

— Cela ne vous dérange pas, j'espère ? lui ai-je demandé. Nous avons l'habitude de prendre tous nos candidats en photo pour mettre un visage sur leur nom et présenter des dossiers de candidature personnalisés.

— Absolument pas, mais si j'avais su, je me serais pomponnée, minaude-t-elle.

C'est une candidature « école », c'est-à-dire pêchée dans les annuaires, notre premier rendez-vous pour Portorosier. Sophie Legrand est sortie il y a sept ans de l'ISEG, école de commerce de niveau deux, elle parle anglais couramment. Son allemand est un peu plus approximatif, il date d'une expérience de 1995 en tant que jeune fille au pair. Je me suis dit que ça ferait l'affaire, d'autant qu'elle a quatre ans d'expérience comme chef de marché chez un fabricant de joints pour fauteuils. Ces joints étant destinés à l'industrie automobile, je me suis dit que Chemouli ne s'arrêterait pas au fait qu'ils ne sont pas en forme de tire-bouchon.

Sophie Legrand a deux enfants prénommés Théa et Sylvio. Elle a fait le tour de son poste, dit-elle, elle souhaite se donner de nouveaux challenges, offrir d'autres perspectives à sa carrière. Passer des joints aux ressorts lui paraît tout à fait excitant.

En voyant le CV, Marc a été pris de doute, rapport aux enfants aux prénoms d'acteurs X.

— C'est un poste qui requiert une forte disponibilité, je ne sais pas si c'est compatible avec deux enfants.

— Tu sais, elle m'a paru très convaincante.

Cela semble être également l'avis de Marc après quelques minutes d'entretien et autant de sourires ravageurs.

— Quel parfum portez-vous ? C'est délicieux !

— Insolence, répond-elle en le regardant dans les yeux.

— Voilà qui commence bien, répond Marc sur le même ton.

Sophie attaque et déroule avec virtuosité son curriculum vitae. C'est une pro de l'entretien, elle devance les questions de Marc et étale avec précision chiffres et données. Elle nous mâche le travail. C'est une véritable grille de sélection pré-remplie. Marc est hyper concentré et note à toute vitesse des choses que j'aurai beaucoup de mal à déchiffrer. Je sais par avance que la colonne de gauche sera prise par tout ce que lui inspire physiquement la candidate. Généralement, ça ne vole pas haut, du style : « Ressemble à Pierre Drucker, se teint les cheveux, un peu boulotte... » Mais parfois on soupçonne que Marc est un grand romantique :

« Fait petit oiseau tombé du nid, ressemble à maman, s'est fait à la force du poignet… »

Ils sont tellement au point tous les deux qu'on dirait qu'ils ont répété.

— Pourquoi vous ? demande Marc qui, après l'avoir brossée dans le sens du poil, joue au gentil/méchant flic.

— Parce que l'échec me rend dangereuse, la réussite est mon seul mode de fonctionnement, répond Sophie sans ciller.

— Fort bien. Montrez-moi cela.

Et là Marc sort sa pièce maîtresse, un vieux Bic tout racorni.

— Sophie, vendez-moi ce stylo.

Elle se penche vers lui et fait rouler son sautoir entre ses doigts.

— Franchement, êtes-vous sûr que c'est celui dont vous avez besoin ?

— Poursuivez, dit Marc qui tient toujours son stylo bien droit devant les yeux de la candidate.

— Vous avez un costume Calvin Klein, une cravate Dior et vos chaussures ne viennent manifestement pas de chez Gemo, vous n'êtes pas le type d'homme à qui je vendrais un Bic…

Ce qui se passe dans la tête de Marc en ce moment précis doit être interdit aux moins de dix-huit ans.

— Vous me vendriez quoi, à moi, personnellement ?

— Exprimez-moi votre besoin, je collerai au cahier des charges.

— On la présente, me dit simplement Marc en jetant le dossier estampillé Portorosier sur le bureau de Chloé.

Je prends ses notes pour les recopier.

En haut à gauche, il est écrit simplement « insolence »…

— Est-ce que tu trouves que je suis trop maquillée ?

Chloé est recroquevillée contre la machine à café. Ses cheveux bruns et courts encadrent un visage en forme de cœur. Elle porte une longue tunique bariolée sur des collants noirs. Son rouge à lèvres fait ressortir ses lèvres fines et dessinées.

— Non, pas plus que d'habitude.

Je viens d'arriver et ne suis pas encore assez réveillée pour la gymnastique intellectuelle qu'impose une conversation avec Chloé.

— Ah, parce que d'habitude je suis trop maquillée ?

— Non, non, Chloé, tu es très bien, comme d'habitude, tu n'es pas trop maquillée. Pourquoi ?

— C'est Tristan, ce matin quand je suis arrivée, il m'a dit : « Ça vous va bien ce nouveau rouge à lèvres, Chloé. »

— Peut-être qu'il te trouve tout simplement jolie ?

— Tu crois qu'il me reluque ?

— Non… Personne ne te regarde.

— Quoi ?

— Non, je veux dire, je ne crois pas que qui que ce soit ait l'intention de te regarder de façon déplacée, même si tout le monde adore te voir, comme n'importe qui aime voir tout le monde, tu vois ?

Chloé me regarde d'un air soupçonneux.

— Tu as l'air fatiguée, toi.

Parfois, je crois que Chloé pourrait me faire pleurer. En plus, je ne suis pas spécialement de bonne humeur. Je me suis pris une soufflante par Marc hier parce que la mission Portorosier n'avance pas assez vite. Mis à part Legrand la croqueuse d'hommes, nous n'avons pas de candidats valables. Les CV que j'avais retenus avec enthousiasme se sont révélés tout à fait décevants en chair et en os. Nous avons vu défiler trois candidats assez pitoyables. L'un affirmait avoir vendu des tonnes de ressorts à l'export mais se trouvait incapable d'en trouver le mot anglais. Le deuxième est arrivé en short nous annoncer qu'il partait faire le tour du monde. Il nous a expliqué qu'il était temps pour lui de rechercher dans d'autres contrées le sens profond de la vie. Il venait quand même à tout hasard voir si M. Chemouli pourrait envisager de l'attendre un an compte tenu de la valeur ajoutée de son futur profil.

Quand Marc a sorti son Bic, il lui a demandé s'il était biodégradable. Nous lui avons transmis une réponse négative.

Quant à la troisième, ça avait bien commencé. Corinne Templier paraissait un peu nerveuse au téléphone, mais je comptais pas mal sur elle. Elle avait travaillé chez un des concurrents directs de Portorosier et avait même monté une succursale en Allemagne. Les conditions de son départ étaient un peu floues mais, après tout, l'entretien est justement fait pour éclairer ces petites réserves et briser la glace.

Elle est arrivée pile à l'heure dans un strict tailleur noir. Son allure générale était un peu étrange, elle avait de larges cernes sous les yeux et, à la réflexion, je me demande si elle n'avait pas confondu ses joues et ses paupières en se maquillant. Ses cheveux noirs et crépus étaient incroyablement longs. Mais après tout pourquoi pas, en Allemagne, la mode est un peu trash, et on ne refuse pas de recevoir une personne sous prétexte qu'elle ressemble à une sorcière. Marc n'avait pas l'air très emballé et je pratiquai la méthode Coué en arborant un large sourire du type « on va très bien s'entendre ». Nous avons commencé les présentations. Tout se passait bien jusqu'au moment où son téléphone a sonné. *La Chevauchée des Walkyries* a retenti dans la salle d'entretien. Les téléphones d'aujourd'hui ont vraiment un son très réaliste.

— Tiens, votre téléphone, a dit Marc.
— Ce n'est pas mon téléphone.
— Ah...
La sonnerie montait en volume et on se serait cru à l'Opéra Garnier.
— Pourtant il est dans votre sac.
Marc commençait à s'impatienter.
— Je vous dis que ce n'est pas mon téléphone.
— Peut-être devriez-vous l'éteindre qui que soit son propriétaire.
À ce stade, notre candidate commençait à rouler des yeux inquiétants en se tordant les mains.
— C'est elle qui l'a mis dans mon sac.
Elle pointait sur moi un doigt vengeur.
Interloquée, je pris la peine de nier poliment mais elle commença carrément à s'exciter, secouée de tics nerveux.
— Si, c'est elle, je la reconnais. C'est la même qui m'a fait virer. Elle veut me piéger avec son sourire mielleux. Vous pourrez leur dire qu'ils peuvent toujours courir, je leur ferai cracher, je vais les mettre à genoux, jusqu'au dernier sou.
Marc a été épatant. Il s'est levé et m'a ordonné de quitter la salle.
— Mademoiselle, vous devriez avoir honte.
J'ai pris mes affaires, rouge de honte, et suis sortie. Je me sentais réellement coupable.
Pendant que je rassemblais mes affaires, il s'était rassis et lui avait dit avec le plus grand sérieux :
— Je pense qu'elle ne vous importunera plus à présent.
Il la raccompagna quelques minutes plus tard. Elle serrait son sac contre son cœur et je remarquai qu'en plus elle portait deux chaussures différentes.

Le dossier claqua sur le bureau de Chloé.

— Violaine, je te prierai dorénavant de vérifier qui tu mets en face de moi.

J'avais envie de rentrer sous terre.

Chloé avait l'air grave. Elle ne releva même pas le dossier jeté sur son bureau.

— Sa mère, me murmura-t-elle.

— Quoi ?

— La mère de Marc, elle est atteinte de schizophrénie, parfois, elle délire, c'est pour ça qu'il sait comment s'y prendre avec les déséquilibrés.

— Comment tu sais ça, toi ?

Chloé a pris l'air offensé :

— Je parle avec les gens, des fois.

Là, c'est moi qui suis devenue parano. Même Chloé qui déteste Marc en sait plus que moi sur lui. Non seulement je suis incapable de jauger les qualités professionnelles des gens mais en plus je ne sais même pas m'y intéresser sur le plan personnel.

J'ai donc assez mal dormi, et ce matin à côté de la machine à café, j'ai le moral dans les chaussettes.

C'est Tristan qui vient me réconforter. Lorsqu'elle le voit arriver, Chloé s'en va en tirant sur sa tunique d'un air méfiant.

— J'ai appris pour hier. Ne soyez pas découragée, Violaine, c'est notre métier d'un côté qui veut ça. Nous devons en assumer la grandeur et la décadence. Le matériau que nous travaillons est malléable, imprévisible. C'est l'humain, Violaine, l'homme, plus roseau que chêne, il ploie et se tourne mais il ne se brise pas, Violaine, il ne se brise pas ; retenez bien cela.

— Oui…

Je balbutie, encore plus découragée. Tristan se prend pour une sorte de bouddha occidental du recrutement,

Chloé pour une martyre harcelée sexuellement par ledit bouddha, Marc se révèle être en fait un infirmier psychiatrique et moi une voleuse de portable à la solde d'industriels véreux.

Pensons à autre chose, *where is Mr Herrington*...

*

— Bonjour, je voudrais parler à M. Karl Braun, s'il vous plaît…

— Ne quittez pas, qui dois-je annoncer ?

— Anne Duvernier…

— Un instant, je vous prie.

Après un bref simulacre de la 5e symphonie de Beethoven, j'entends une belle voix grave :

— Karl Braun.

— Oui, bonjour, je suis Violaine Letellier du cabinet de conseil Barney Mac Cowles, je me permets de vous contacter car je souhaite vous communiquer une offre de poste susceptible de vous intéresser.

Je prononce toujours ce laïus d'une traite pour ne pas être interrompue et pour laisser à mon interlocuteur le temps de réaliser. Karl Braun ne se sent manifestement pas agressé.

— Ah oui, et comment savez-vous ce qui peut être susceptible de m'intéresser, mademoiselle comment déjà ?

— Violaine Letellier, cabinet Barney Mac Cowles.

— Connais pas.

— Nous sommes un cabinet de recrutement par approche directe, spécialisé sur l'approche de cadres de haut niveau.

— Vous m'en direz tant. Alors quel bon vent vous amène jusqu'à moi, Violaine Letellier ?

— Eh bien, je représente aujourd'hui un fabricant de ressorts industriels leader sur son marché, nous recherchons quelqu'un qui puisse prendre en charge la direction commerciale du groupe et accompagner son développement sur l'international.

— C'est ce que je fais aujourd'hui avec un certain confort, pourquoi est-ce que je lâcherais tout pour repartir de rien avec encore un an sans vacances, des primes aléatoires, en plus sur un produit aussi sexy que les ressorts. Non pas que les gaines en polyuréthane soient incroyablement excitantes, mais bon, je m'y suis habitué.

Karl Braun me plaît.

— M. Braun, nous sommes dans un contexte extrêmement tendu, vous n'êtes pas sans le savoir. Ce que je vous propose, ce n'est pas de ramer sur un bateau qui coule, c'est d'intégrer un marché porteur avec des perspectives de croissance exceptionnelles pour un équipementier automobile. En effet, notre client surfe sur la vague écologique et vous offre l'opportunité de porter cette croissance, de piloter les ventes internationales, de challenger les équipes.

— Inutile de filer la métaphore de l'eau, Mlle Letellier, j'ai horreur de la navigation. (Il soupire.) Bon, où se trouve votre cabinet Mac Machin, que je vienne voir ça de plus près ?

C'est gagné.

— Paris 8.

— Mardi 13 h 30, j'ai un créneau.

— Parfait, je vous envoie une confirmation par mail.

Je note « k.braun@gainesinternational.com » et raccroche, le cœur battant.

Voila qui devrait consoler Marc des précédentes déconvenues.

Quelque peu refroidi par notre dernier entretien, il me bat froid, et c'est avec une certaine appréhension que j'entre en salle d'entretien à 13 h 30. Marc et moi nous asseyons et attendons que Chloé fasse entrer Karl Braun.

C'est un homme d'à peu près quarante-cinq ans, plutôt grand, blond avec des yeux bleus. Il porte un costume bleu rayé. Il est assez impressionnant et je vois qu'effectivement Marc est impressionné. Il en fait trop.

— Marc Durland, pâaartner, dit-il d'une voix de basse en faisant glisser sa carte sur la table.

— Karl Braun.

Karl s'assoit, croise les mains et attend sérieusement.

— Alors, M. Braun, présentez-vous un peu.

Karl Braun le regarde dans les yeux.

— Je dirige le service commercial de Gaines international depuis trois ans. Nous intervenons auprès des constructeurs et équipementiers de premier rang. Je dirige cinq commerciaux et autant en administration des ventes. Je suis en charge du business plan, du développement stratégique et de la communication en liaison avec le marketing. J'ai la double nationalité française et allemande. J'ai été amené à travailler à l'international dès mon entrée chez GI où j'étais dans un premier temps en charge de l'Allemagne. J'ai dirigé une filiale de distribution là-bas pendant douze mois avant d'être nommé responsable des ventes Europe puis directeur commercial. Maintenant, ne comptez pas sur moi pour vous parler de mon chien ou de mes hobbies. Je ne jardine pas, n'aime pas la cuisine exotique, les voyages ou le footing. Je ne prends pas de cours de sushi ni de leçons de violon. Je suis divorcé et j'ai une fille qui vient s'ennuyer avec moi devant une pizza une fois par mois. Ne comptez pas non plus sur moi pour toutes ces conneries de management par la confiance, de hiérarchie fonctionnelle, etc. Celui qui ne fait pas son chiffre, je le vide. Par contre, je fais en sorte que personne n'ait à couvrir mes conneries, je fais tourner ma boutique, je ne prends pas de vacances et ne pique pas dans la caisse, je ne couche pas avec les assistantes parce que ça complique mon business. Si vous me proposez plus d'argent, je veux bien aller voir ailleurs car mes supérieurs sont accrochés à leurs postes comme des moules à leurs rochers et que je ne suis pas du genre patient. Maintenant, dites-moi si c'est bien au niveau des sous, parce que je n'ai aucune intention de me cogner vos petites questions pseudo-psycho. J'ai jamais torturé de petits chats ni essayé les robes de ma maman. Je fais cent cinquante millions d'euros de CA et c'est pour ça qu'on est là… C'est quoi la prochaine étape, vous allez me faire vendre votre putain de calepin ?

Marc déglutit, mielleux :

— M. Braun, pas de ça entre nous, à votre niveau, comme vous le dites si bien, nous ne sommes pas là pour vous juger, nous sommes des facilitateurs, des interlocuteurs privilégiés pour vous accompagner dans votre évolution.

— Ouais. Je vous laisse ma carte, vous avez mon CV, contactez-moi.

— Très bien, je vous remercie du temps que vous nous avez accordé.

— M. Braun, nous autorisez-vous à vous prendre en photo, afin de personnaliser nos dossiers candidats, nous avons l'habitude de…

— Vous cassez pas, ma belle, allez-y, mais ne pleurez pas trop dessus, j'ai déjà quelqu'un qui m'occupe le samedi soir.

Limite. Je remercie le ciel de tenir mon père dans la douce ignorance des propos tenus à sa fille chérie. Il lui aurait fait passer l'envie de me regarder d'un air lubrique, et de la façon la plus radicale. Marc rit bêtement.

Une fois Karl Braun parti, Marc me regarde aussi ému que s'il l'avait engendré :

— Ça, Violaine, c'est notre placement. Bon travail. Un sacré con mais il va faire un carton.

Je pourrais peut-être écrire une lettre anonyme à mon père.

Parce qu'il est particulièrement de bonne humeur après l'épisode Braun, Marc se montre grand seigneur avec le parcours de Valentin Evrard.

Pour lui, lorsqu'une personne est au chômage depuis un an pile, elle franchit une sorte de date de péremption et rejoint le groupe de ceux qu'il appelle les « plantés ».

Étant donné que Valentin est en recherche depuis onze mois et demi, il s'approche dangereusement de la ligne rouge. Mais dans un bon jour, Marc peut montrer un peu de magnanimité envers un presque planté. Disons qu'il lui accorde le bénéfice du doute.

— Bon, il a fait HEC, quand même, bon niveau, soupire-t-il en lisant le CV du bout du doigt. Ouais, ouais, ouais, il a travaillé dix ans sur un produit quasi similaire, du ressort en silicone. Hum, il a déjà travaillé avec l'Allemagne, mouais, il a déjà managé. Ah, tiens, marrant ça, il a fait du rugby. Rappelle-moi pourquoi il est planté ?

— En fait, il n'est pas vraiment planté. Il m'a été recommandé par un responsable achats de chez Renault. Il avait été approché pour un poste et avait donné sa démission. Sauf que quelques jours avant de commencer son nouveau job, le budget a été bloqué suite à un rachat. Il s'est retrouvé au chômage. Dans un premier temps, il ne voulait pas déménager pour éviter de faire déménager toute sa famille. Il a trois enfants. Il a perdu du temps en ne recherchant que des postes en région Rhône-Alpes. Au bout de six mois, il a décidé d'élargir sa recherche, donc en théorie, cela ne fait que cinq mois et demi qu'il est en recherche.

— Bon. OK, prends rendez-vous.

Valentin Evrard s'est immédiatement rendu disponible lorsque je l'ai appelé pour un entretien. Il franchissait le seuil de Barney Mac Cowles le lendemain à 11 heures.

C'est un homme de taille moyenne, mince, une calvitie précoce lui donne un air sérieux démenti par deux fossettes très prononcées à chaque fois qu'il sourit. Il a assorti sa cravate bleue à ses yeux. « Beau gosse ! » aurait commenté Odile.

Amusé, il me laisse le prendre en photo puis s'assoit en face de Marc. Il tape du pied sous la table et je remarque que ses ongles sont rongés. Je pense à sa maison avec piscine à Lyon et me maudis d'éprouver une sympathie de midinette pour lui parce qu'il a une famille à nourrir.

L'entretien se passe bien, Valentin est agréable, souriant, répond avec grâce. Il est conscient du fait que sa période de chômage ne le sert pas, mais il était en poste depuis tellement longtemps dans la même entreprise qu'il avait perdu un peu de vue la réalité du marché du travail. Il n'avait jamais été au chômage auparavant et avoue s'être montré un peu difficile sur les salaires et localisations proposées en début de recherche. Et puis la crise…

— Ayez conscience, lui dit Marc avec hauteur, que vous ne serez pas forcément en position de force au cours de la négociation salariale.

— J'en suis conscient, répond Valentin. Maintenant, je pense vraiment correspondre à ce que recherche votre client. Je l'ai d'ailleurs rencontré plusieurs fois au cours de salons et manifestations. Compte tenu de la similitude de nos produits, nous étions régulièrement placés à côté. Nous avions un bon contact, je suis sûr qu'il aura du plaisir à me recevoir, ne serait-ce que pour l'anecdote.

Marc l'écoute en observant d'un air préoccupé ses boutons de manchette.

Valentin Evrard récupère un semblant d'attention lorsqu'il lui parle de son activité de rugby. Marc se flatte d'être bon en rugby, cela lui donne l'occasion de paraître viril et de vilipender ces beaufs de footballeurs. Les rugbymen bénéficient d'emblée d'un certain crédit sympathie.

Marc raccompagne gentiment M. Evrard à la sortie.

— On le présente, me lance-t-il en mimant une passe de ballon ovale avec sa pochette.

Je me la prends dans la figure mais Marc est déjà dans le couloir.

— Ça fera un bon pot de fleurs à côté de Karl l'Allemand, il mettra en valeur son côté combatif.

Je m'empêche d'éprouver trop de sympathie à l'égard du pot de fleurs rugbyman en question qui va se payer deux allers-retours en TGV pour mettre en valeur cette couille de loup de Karl. La chance peut tourner, après tout.

Chloé est à son bureau en train de se renseigner sur un nouveau concept de gym suédoise. Elle a subitement été prise de complexes et m'assure depuis deux jours que des amas graisseux s'attaquent de façon sournoise à ses jambes :

— Quand on a les cheveux courts, m'assure-t-elle, ce n'est pas possible d'avoir des jambes comme des poteaux. C'est *the* truc à éviter.

Étant donné que Chloé a des jambes proches de celles d'un flamant rose, il m'est délicat de partager ses inquiétudes. Trop compatir d'ailleurs équivaudrait à lui faire croire qu'elle est un boudin. En revanche, si je ne montre pas un peu d'intérêt, elle va encore dire que je ne m'intéresse pas aux gens qui m'entourent. Je me replie donc dans une position stratégique de production d'onomatopées enthousiastes ou compréhensives pour accompagner son propos de façon adéquate.

— Non, parce que tu comprends, c'est la musique qui fait la différence, on se sent plus motivé.

— Ah…

— Ouais, j'avais essayé le tai-chi mais c'est gravement stressant, t'as un pauvre gars qui frappe sur un gong, pendant que l'autre te dicte des positions qui te donnent des crampes de fou. En plus y avait un vieux vicelard dans le cours qui se mettait toujours derrière moi…

— Hum ?

— Non, je te jure, j'ai laissé tomber. Le yoga, c'est pareil, qu'est-ce qu'on s'embête. L'aérobic, pourquoi pas, mais j'ai l'impression d'être à l'armée avec tous ces gens qui bougent en même temps en cadence.

La vision de l'armée de Chloé semble tout droit sortie d'un clip des années 80. Je ne trouve rien à répondre tant son évocation soulève en moi des images troublantes.

— Tu as raison, la gym suédoise, c'est bien.

— Ouais. Tiens d'ailleurs, tu as encore un message. La maman de Robert Herrington te fait dire qu'elle n'a aucun souvenir d'une petite amie prénommée Cynthia, et qu'elle ne voudrait pas réveiller de souvenirs douloureux en te communiquant les coordonnées de son fils.

— Bon. Encore un coup d'épée dans l'eau. Tu as vu Tristan aujourd'hui ?

— Oui, il est passé avant d'aller à son cercle de poésie. Il te fait dire qu'il est sur des coups intéressants, il doit déjeuner avec le patron d'une entreprise de services aux seniors. Il paraît que ça cartonne. Ils voudraient recruter un responsable des services funèbres pour offrir à leurs clients la possibilité de choisir une tombe en promotion quand ils prennent une dame de compagnie. Marché porteur.

— C'est glauque.

— Je n'y peux rien, je te signale, je ne suis là que pour transmettre les messages.

Je viens apparemment de rendre Chloé responsable de la moyenne d'âge de la France contemporaine et des marchés qui profitent de la crédulité des personnes âgées, il est temps d'aller déjeuner.

Odile m'attend devant le cabinet. Elle tire sur sa clope en épluchant les bouloches accrochées à son manteau. Son mari lui a dit un jour qu'avec tout l'argent qu'elle fumait, elle aurait pu refaire dix fois sa garde-robe. Odile lui a répondu que sa garde-robe était largement suffisante pour vivre au milieu de péquenots. Elle se venge en arborant le même manteau depuis cinq ans. Lorsqu'on se permet de lui faire remarquer les manches élimées, elle prend un air de martyr et affirme que c'est son radin de mari qui l'empêche de s'en racheter un. Martin en serait le premier surpris. Il a la sensation de couvrir ma sœur d'or, quand la plupart du temps ce qu'il lui donne est à peine suffisant pour deux trépidantes sorties au Prisunic par semaine.

— Ça va, mon lapin, me dit-elle en me donnant une grosse bourrade, on va se taper un stékos ?

— Un quoi ?

— Un bout de bidoche, quoi, un bon steak.

— OK, rapide parce que j'ai pas mal de boulot.

Nous nous installons chez Mario.

— Alors, comment ça va, les amours ?

— Calme plat…

— C'est pas possible, t'as les deux miches dans le même sabot ou quoi ? Pourtant, t'es plutôt jolie quand même.

— Merci pour le « plutôt quand même ».

Ce n'est pas possible, je deviens comme Chloé. Odile me regarde sans comprendre, elle ne parle pas le Chloé.

— Bon, je vais m'occuper de toi.

— Non merci.

J'aurais pu dire « pitié ». Le dernier bon plan d'Odile s'appelait Childéric. Elle l'avait ramassé dans le sillage de son marin de mari. Il avait passé la soirée à m'expliquer que la télévision était un appareil démoniaque habité par des créatures sensuelles et vicieuses, où le meurtre et l'adultère lançaient en continu leurs sirènes par des messages subliminaux subtils et terrifiants. Je ne suis pas particulièrement attachée au petit écran, mais enfin j'imagine qu'il est pénible de vivre avec quelqu'un qui se croit diaboliquement tenté par le sourire de Patrick Sébastien. En plus, il avait les mains moites.

— Bon, je sais, avec Childos, j'avais tapé à côté. Mais bon, je n'y peux rien, c'était le seul célibataire de l'équipage à part l'aumônier.

— C'est sûr que vu sous cet angle…

J'essaie de regagner du terrain vicieusement :

— Et toi, tu comptes reprendre un boulot un de ces jours ?

C'est sans compter l'énergie inépuisable d'Odile.

— En fait, oui. Il y a un centre de dressage de chiens pour aveugles du côté de la maison, ils cherchent du monde, moi, j'adore les clebs. J'ai un peu un sixième sens avec eux, tu vois ?

Odile a toujours été une bonne nature, la vie pour elle est comme un terrain de jeu avec des tas de mecs trop forts qui font la passe au bon moment. Moi, je suis la fille sur le bord qui n'a pas été choisie à la constitution des équipes parce qu'elle est connue pour toujours marquer contre son camp.

— Au fait, tu sais quoi ? reprend Odile.

— Quoi ?

— Ladislav rentre dans deux semaines. Il vient à la maison en permission.

Bien qu'Odile n'habite plus chez mes parents depuis dix ans, elle continue à appeler ce lieu « la maison ». Elle qui toute sa jeunesse n'a pas arrêté de dire « vivement que je me casse » en secouant ses dreadlocks n'a de cesse aujourd'hui d'y squatter avec ses mômes dès que son mari est en mer.

— Peut-être qu'il va ramener une fille, lance-t-elle, la mine gourmande.

Je ne peux m'empêcher d'en douter. Ladislav est aussi doué que moi dans ses conquêtes quoique pour des raisons différentes. Il a tétanisé mon amie Alice en lui racontant comment dépecer un lapin si par hasard elle se retrouvait affamée dans la campagne. Étant donné que la seule campagne jamais foulée par les escarpins d'Alice est la pelouse du Luxembourg, celle pas trop loin de la buvette, j'avais eu sur le coup l'impression curieuse d'assister à une conversation entre deux espèces, ayant suivi des chemins diamétralement opposés dans le processus de l'évolution, telles que par exemple un mammouth et un canari.

— Je suis contente qu'il rentre, lui dis-je distraitement en regardant ma montre.

— Non, parce que, moi personnellement, je ne serais pas contre du tout.

Odile a l'air tellement fière d'elle que j'ai l'impression d'avoir manqué quelque chose.

— De quoi ?

— Ben, tu vois, je ne serais pas contre.

— Mais contre quoi ?

— Tu sais bien, qu'il ramène une Africaine…

Odile a parlé très fort et plusieurs personnes lèvent la tête.

Je pourrais parier qu'en cet instant ma sœur se sent aussi révolutionnaire que Martin Luther King. Je ne relève pas et abrège sa ferveur intercommunautaire en prétextant un rendez-vous à 14 heures.

Lorsque je rentre au bureau, Marc tourne comme un poisson dans son bocal.

— Ah, dit-il en me voyant, tu es là.

— On devait se voir ?

Je commence à paniquer, qu'est-ce que j'ai encore oublié ?

Je peux me rassurer, je n'y suis pour rien mais Marc est effectivement très énervé.

— Candidature interne pour Portorosier, m'annonce-t-il.

— Qu'est-ce qui s'est passé ?

— Apparemment, l'équipe commerciale a entendu parler de la procédure de recrutement, ils proposent leur propre candidat pour le poste, c'est le commercial qui a le plus d'ancienneté. On est obligés de l'intégrer dans la procédure et si c'est lui qui est retenu *in fine*, on ne facturera pas le dernier tiers.

Ce sont des choses qui arrivent dans notre métier où la matière humaine est mouvante et imprévisible, aurait dit Tristan.

Moi, je ne dis rien parce que Marc ne souhaitera pas l'entendre de la part de quelqu'un qui ne possède pas soixante pour cent des parts de la société. Je me contente de reprendre la piste d'un certain club de sport situé à Gredford Street en face du domicile présumé de Robert.

— *Good morning, I'm Christen Laurens, from the bakery, I must join Robert Herrington, he left an unpaid bill and gave us a false number. I'm sure you could give me his phone number so that I could reach him. Let's help each other !*

— *I don't know any Mr Herrington and there is no bakery in the neighbourhood. You must be mistaken.*

Je n'avais pas beaucoup d'espoir, de toute façon.

*

— Violaine, M. Chemouli n'a toujours pas reçu les dossiers de la short list, tu étais censée les envoyer ce matin.

— Mais je les ai envoyés, Marc, à la première heure.

— Eh bien, à la douzième, il ne les a pas reçus, alors renvoie-les.

Le plus étonnant dans cet échange acide, c'est qu'il ne fait pas réagir Chloé jadis prompte à relever tout ce qui pouvait s'apparenter à une brimade.

Tout fout le camp si Chloé ne me lance plus ses obscurs regards entendus.

Je soupire et reprends mon mail :

M. Chemouli,

Veuillez trouver ci-joint les dossiers des quatre candidats qui vous seront présentés ce jeudi 3 décembre. Nous avons une bonne impression concernant Karl Braun, excellent profil international.

Nous nous revoyons donc à l'occasion de ces entretiens.

Bien à vous,

Violaine Letellier.

Bizarre, le mail semble être parti pourtant. Je demande un accusé de réception et mets Marc en copie pour acter mon envoi.

Nous sommes quand même a priori assez bien positionnés, car les candidats que nous présentons sont plus qualifiés que celui proposé en interne. Avant de le recevoir, Marc ne décolérait pas. L'entretien l'a un peu rassuré.

Victor Chemouli lui avait assuré qu'il s'agissait seulement de prendre acte des désirs des salariés même s'il semblait évident que leur candidat n'avait pas le niveau. De fait, il est vite apparu que Pierre Gambert ne fait pas le poids. Déjà, il ne parle pas du tout allemand. Et son ton est affecté par la conscience de sa propre importance. Pierre Gambert se sent investi d'une mission et fait en sorte que vous le sentiez aussi : « Je pense être à même de remplir ces tâches, dans le sens où je peux vous citer sur le bout des doigts toutes les fonctionnalités intrinsèques au ressort. En outre, je possède un excellent capital confiance vis-à-vis des autres employés, car je suis la mémoire de Portorosier et j'ai été élu délégué du personnel à deux reprises. »

Son capital sympathie en tout cas ne touche pas Marc qui le gratifie de regards haineux.

— Il n'a pas le niveau, me confie-t-il nerveusement, s'ils le recrutent c'est uniquement pour des questions de budget, clairement c'est pas un number one celui-là, en plus il a l'air d'un sacré casse-couilles.

Là-dessus, Marc n'a pas tout à fait tort, Gambert est du genre qui revendique. Fils d'ouvriers normands, il a été gavé de CGT en même temps que de lait coupé au calva. Son ascension sociale lui a donné une sorte de satisfaction aigrie. Il est très fier de lui, et très suspicieux quant aux intentions des autres. Il parle de la direction comme d'une instance floue et capricieuse au-dessus de la tête des salariés, et dont le moindre geste est voué à les emmerder. Les plans sociaux sont à mettre dans le même sac que l'achat d'une nouvelle machine à café alors que l'ancienne était très bien. Il fustige les patrons et les ouvriers, un tas d'enfants gâtés et dépolitisés même pas syndiqués. Il donne des leçons de morale aux secrétaires quand elles partent trop en vacances et aux cadres quand ils ne prennent pas leurs RTT et qui menacent ainsi les acquis sociaux obtenus après tant de batailles. Il porte des cravates avec une petite faucille et semble vouloir respecter à tout prix les principes hautement fondateurs d'égalité et de fraternité. C'est dans un souci de stricte parité homme/femme, patron/assistante, que chaque fois qu'il s'adresse à Marc il me regarde également, cela le contraint à une gymnastique fort exigeante au cours de notre entretien. D'après ce que j'ai compris, il casse les pieds de tout le monde mais il est indéboulonnable, les patrons ont peur de monter au créneau et de finir aux prud'hommes, les salariés sont ravis de conserver cet allié qui parle beaucoup certes mais n'hésite jamais à porter les revendications du groupe de quelque nature qu'elles soient. C'est une aubaine que ce directeur commercial qui fixera de façon collégiale les objectifs, fera voter les budgets et respecter les consignes d'un strict savoir-vivre citoyen.

Pour Chemouli, accéder à leur demande est obligatoire, il lui est indispensable de le présenter, impensable de le recruter. J'ai beau dire à Marc pour le calmer que Gambert ne sera qu'un beau deuxième pot de fleurs, l'idée de perdre un tiers de sa facture le rend irrationnel. Je tente de le rassurer objectivement par les chiffres de ma grille d'évaluation, mais il continue de stresser et stressera jusqu'à la signature d'un de « ses » candidats. Alors seulement, tel le père de la mariée, il pourra contempler les tourtereaux, la larme à l'œil, et se dire : « Ça, c'est fait. »

Ma grille d'évaluation, c'est ce que je tends solennellement aux clients le jour de la présentation des candidats. J'ai un peu l'impression d'être un jury de bétail avec mes petites notes, mais cela permet d'embrasser d'un coup notre évaluation des profils.

Je les termine et classe le tout dans le dossier Portorosier en attendant le jour J.

	Legrand	Braun	Evrard	Gambert
Sens commercial	3	5	3	2
Management	2	3	4	3
Connaissance du secteur	3	4	5	5
Langues	4	5	3	0
Total	12/20	17/20	15/20	10/20

	Legrand	Braun	Evrard	Gambert
Goût du risque	4	5	2	1
Esprit de synthèse	3	5	4	1
Relationnel	5	3	4	5
Leadership	4	5	3	3
Total	16/20	18/20	13/20	10/20

Bien jolis, ils sont tous rangés.

*

Le 3 décembre, à 8 heures, j'arrive au cabinet. J'allume toutes les lumières.

Il fait encore nuit et j'ai un peu la gueule de bois consécutivement à un dîner bien arrosé en tête à tête avec Brice. Je ne sais ce qui m'a pris d'accepter un rendez-vous avec notre fournisseur de logiciels. Il porte une grosse gourmette en argent qui ne cesse de s'emmêler dans ses poils. Ce détail m'a passablement perturbée. Cela ajouté au fait qu'il tenait absolument à me faire deviner toutes les répliques de films qui lui venaient à l'esprit. Je n'avais aucune idée de qui avait dit « Attention aux chaussures », ni « Tuez-moi cet enfant de salaud », ou quelque chose d'approchant.

Je m'ennuyais tellement que j'ai bu une demi-bouteille de vin, ce qui est beaucoup pour quelqu'un qui d'habitude n'a besoin que de respirer un punch pour être gai. J'ai donc souri bêtement tout le dîner, ce qui a été interprété comme un encouragement si j'en juge par son insistance à me raccompagner. Je m'en suis sortie en sautant dans un taxi, prétextant un mal de crâne foudroyant. Cela dit je n'étais pas loin de la vérité, et je me suis endormie dans le taxi, qui indiquait soixante-dix-huit euros au compteur quand je me suis réveillée. Trop fatiguée pour protester, j'ai fait un chèque avant d'aller m'écrouler tout habillée sur mon canapé-lit.

Ce matin, je me sens donc aussi fraîche qu'un hareng péché de longue date. Je mets en route notre machine à espresso pour remplir la cafetière. M. Chemouli a tenu à venir chez nous, en terrain neutre. Les candidats seront reçus un par un en rendez-vous, mais d'abord ils devront passer un test de psychologie, le « Who are you Peter », et auront la désagréable surprise de le remplir les uns en face des autres. Tristan a dénoncé là une véritable faute de goût, mais la psychologue qui doit corriger les tests en ligne n'était disponible qu'à 9 heures, ce qui nous rendait impossible l'organisation de rendez-vous échelonnés. J'ai dû gérer les foudres de Karl Braun qui ne consent au test qu'avec une extrême mauvaise grâce.

— Je ne suis pas un putain de cobaye, n'a-t-il cessé de me répéter.

— Je m'en doute et nous ne sommes pas un centre d'essais cliniques, seulement notre client insiste pour que tout le monde passe ce test. Prenez-le comme une occasion de mieux vous connaître…

— Je vous remercie mais je me vois tous les jours dans ma glace, ce n'est pas particulièrement réjouissant ; d'après mon ex-femme, pour les profondeurs de mon être, l'envers vaut l'endroit.

Il a fini par accepter.

Nous avons donc calé un timing précis pour le déroulement de la matinée :

9 heures : arrivée des candidats
10 heures : résultats du test
10 h 15 : premier rendez-vous, Karl Braun
11 h 15 : Sophie Legrand
12 h 15 : Valentin Evrard
13 h 15 : Pierre Gambert

Déjeuner débriefing avec Marc à 14 h 30.

Force croissants et cafés aideront tout ce petit monde à tenir la matinée.

Je sifflote en disposant les viennoiseries dans une corbeille.

Pierre Gambert est le premier arrivé, avec quinze minutes d'avance. Il s'est soigneusement peigné et arbore une flamboyante chemise rouge. Je l'installe dans la salle d'accueil et il s'assoit les mains sur les genoux avec sa jolie raie.

Marc arrive, tout tendu. Il relie les dossiers candidats pour en faire de beaux feuillets bien propres et ce n'est pas le moment de plaisanter avec lui. Il me demande un café serré et je me dis que ce n'était pas la peine de faire tant d'études pour finir par servir des cafés à la pelle à des gens désagréables qui ne me donneront sûrement pas de pourboires. Je prépare les tests que rempliront les candidats les uns à côté des autres. Il aurait évidemment été préférable de réserver des locaux avec des salles individuelles pour l'occasion, mais d'un autre côté cela nous permettra de voir comment nos candidats réagissent à la pression.

Ils sont à présent tous là et se regardent en chiens de faïence. Sophie, aspergée d'Insolence dans un pull en soie fleuri, Pierre, droit comme la Justice, Karl avec son air goguenard et Valentin qui sourit de toutes ses fossettes. De temps en temps, ils se lèvent pour faire les cent pas ou regarder dans les yeux la machine à café dans la pièce à côté. Comme on ne peut qu'y tenir debout, ils reviennent vite s'asseoir en soupirant.

Les tests sont rapidement distribués. Je laisse les candidats les remplir et retourne dans l'open space.

On entend par intermittence Marc qui glousse avec le directeur de Portorosier en lui présentant les dossiers. Je ramasse les tests dûment remplis pour les transmettre à notre cabinet de conseil par mail et recevoir la correction. Valentin Evrard et Pierre Gambert se rhabillent pour aller attendre ailleurs l'heure de leur rendez-vous, lorsque M. Chemouli passe la tête par la porte :

— M. Braun, s'il vous plaît.

Apparemment, c'était à son tour de lire le menu de la machine à café. Je tourne la tête vers le local et vois deux chaussures qui dépassent.

Assez interloquée, je m'approche. Karl Braun est assis contre la machine à café et son regard est étrangement vide. Je regarde la scène sans la comprendre comme si mes yeux ne communiquaient plus avec mon cerveau.

— M. Karl Braun ? répète Victor Chemouli.

Je me retourne vers lui et parviens à articuler :

— Je crois qu'il est mort, monsieur.

*

Il paraît qu'en temps de guerre, dans les situations d'extrême danger, les hommes peuvent avoir des réactions étonnantes et inédites, des héros et des lâches surgissent sous des traits imprévisibles. Le cabinet Barney Mac Cowles sembla totalement échapper à cet axiome au moment de la mort de Karl Braun. Ni héros ni lâches ne se révélèrent dans le feu de l'action. L'annonce du décès fut caractérisée par une apathie générale dont la cause est probablement à rechercher dans l'incongruité totale de la situation.

On meurt rarement dans le renfoncement d'un cabinet de recrutement. C'est une question d'atmosphère. Quand vous partez camper et que vous devez aller au milieu de la nuit assouvir un besoin naturel, c'est toujours avec un petit frisson d'appréhension que vous dites « attendez, je reviens » à vos petits camarades de jeu. Quand vous avez un accident sur l'autoroute et que vous rejoignez la rambarde de sécurité, votre échine se dresse sous la peur de l'impact. Mais quand vous êtes convoqué à un entretien de recrutement pour vendre des ressorts – même à l'international –, vous ne guettez pas la mort avec appréhension.

Lorsque j'annonce d'une voix blanche l'incroyable verdict, personne au premier abord ne me croit.

— Ne dites pas de bêtises, voyons, répond sèchement

Marc en s'approchant de la salle où repose son candidat favori.

Il doit pourtant intégrer l'incroyable, car sous ses yeux la mort a quelque chose d'évident. Karl Braun ne dort pas, ne fait pas un malaise, il est mort. Appuyé contre la machine à café, il est congestionné et livide.

— Il faut appeler les secours, finit par dire Marc.

Un vent de panique souffle sur toute l'assemblée.

— Ce n'est pas ma faute, se met à crier Chloé tandis que M. Chemouli, blanc comme un linge, pointe sur Marc un doigt menaçant :

— Je ne veux pas être mêlé à tout ça, je vous avertis, si vous me présentez des candidats mourants, ma société ne doit pas en pâtir.

— Oh pardon, fais-je, exaspérée, la prochaine fois, on leur fera passer un scanner avant de les recevoir en rendez-vous.

— Il est mort ? Ce n'est pas possible, il était là… dit Valentin Evrard, tremblant comme une feuille.

Bien sûr l'un n'empêche pas l'autre, mais il est difficile de faire un cours de logique dans ces circonstances.

— Laissez-moi passer, ordonne Pierre Gambert, j'ai mon agrément de secouriste, je vais lui donner les premiers soins.

Je frissonne à l'idée d'un bouche-à-bouche avec Pierre Gambert, même morte.

— Ne soyez pas stupide, Pierre ! crie Victor Chemouli, hors de lui. Il n'a pas mis sa main dans une scie sauteuse, il est mort.

— D'abord, peut-être que son cerveau est encore irrigué, voudriez-vous être accusé de non-assistance à personne en danger ?

— Faites ce que vous voulez, moi, je m'en vais, déclare Victor en prenant son manteau, je ne suis pas venu assister à un enterrement.

— M. Chemouli, il serait plus sage de rester, nous ne connaissons pas la cause de la mort, tout départ précipité pourrait passer pour une fuite.

Je suis grande lectrice de romans policiers et connais mes fondamentaux en cas de mort inexpliquée.

— C'est hors de question, je n'ai pas à subir ce qui ne me concerne pas, je ne connais pas cet homme. Je viens juste d'arriver.

— Comme tout le monde dans cette pièce. À moins que vous ayez des choses à cacher, je vous déconseille de quitter cet endroit.

— Je n'ai rien à cacher, c'est un regrettable accident et il est tout aussi regrettable que j'y assiste.

Et à en juger par la mine dégoûtée et ennuyée de ceux qui m'entourent, nous semblons tous trouver que M. Braun a fort mauvais goût de venir finir sa vie ici dans des circonstances tout à fait inappropriées, et dans une salle qui ne contient même pas la dimension de son corps allongé.

Chloé sanglote toujours, Valentin est gris, il tient sa serviette contre lui en répétant : « Ce n'est pas possible, ce n'est pas possible », Sophie ressemble à une statue, elle regarde bizarrement Karl Braun et n'a pas dit un mot depuis le début. Marc est au téléphone avec les secours.

J'ai la tête qui tourne et je prie pour être au milieu d'un cauchemar provoqué par ma biture d'hier. Pour moi, la vraie mort est une expérience totalement inédite je ne connais que le *Game over*, le petit bonhomme se relève et essaie encore. Aussi, lorsque j'ai vu Karl inanimé, j'ai regardé ses jambes inertes sans y croire. Ce n'est pas vraiment possible, il va se relever, il va manger une banane magique et repartir. Je veux dire, c'est impossible que cette espèce de grand type fasse les cent pas d'un air arrogant en nous regardant tous comme de pitoyables crottes et se retrouve quelque chose comme deux minutes plus tard avachi au-dessous de la touche « espresso sans sucre ».

Lorsqu'il a poussé la porte tout à l'heure, il nous a tous regardés avec un petit sourire comme si nous étions les figurants d'un film où il tiendrait la vedette. Dans mes films, la vedette ne meurt jamais, ou alors c'est pour de faux, il avait un gilet pare-balles, il simule.

La vraie mort, celle qui s'invite dans votre quotidien, je ne l'avais jamais vue et aujourd'hui, je la trouve irréelle et terrifiante.

Tout le monde s'est rassis. C'est alors que Pierre Gambert s'est senti, Dieu sait pourquoi, responsable de notre sécurité. Il a commencé à nous abreuver de conseils sur ce qu'il faudrait dire aux policiers, comment garantir notre sécurité et notre présomption d'innocence. Je regarde Victor Chemouli et pour la première fois de la journée j'éprouve une certaine compassion à son égard. Ce ne doit pas être facile de se traîner ce type toute la journée. Marc aurait sûrement fait mouche avec nos candidats, pour ma part, j'aurais payé pour que Pierre Gambert se taise.

— Vous savez, il a peut-être tout simplement fait une crise cardiaque, avance Sophie Legrand.

— Mais bien sûr qu'il a fait une crise cardiaque, s'anime Victor, il a eu un malaise, c'est malheureux mais nous n'y sommes pour rien.

— En tout cas, dit Marc qui se force à la gaieté, c'est un bon exercice de résistance au stress.

— Oui, dis-je sèchement. Il y en a un pour qui manifestement l'exercice a mal fini, stress ou pas.

Marc me lance un regard sombre et se tait.

— On peut avoir du café ? demande Victor à Chloé, ce qui a pour effet de déclencher une énième crise de larmes.

— Je ne sais pas si vous avez remarqué, mais il y a juste un cadavre sur la machine à café, dis-je en commençant moi aussi à perdre mon self-control.

— Très drôle, maugrée Chemouli avant de prendre son journal.

Les secours arrivent enfin, les pompiers, le Samu.

Des lumières clignotent et des personnes sorties de nulle part portent des valises de toutes tailles ; toute une maroquinerie d'urgence qui s'ouvre petit à petit. Nous restons bêtement à les regarder tenter de réanimer Karl. Pierre nous jette des regards lourds de sens devant leur insistance.

— Messieurs, je tiens à vous dire que j'aurais moi-même assuré un certain nombre de soins de première nécessité si ces personnes m'avaient laissé agir.

Le jeune docteur noir qui semble diriger l'équipe l'écoute distraitement. Il murmure tout en examinant Karl. Il paraît fatigué.

— Il n'y a plus rien à faire, nous dit-il. Pouvez-vous m'expliquer ce qui s'est passé, quelqu'un a-t-il été témoin de sa chute ?

Nous regardons tous d'un air interrogateur Karl assis contre la machine. Mimique toute rhétorique.

— En fait, non, répond Marc. Voyez, il y a trois pièces ici, deux qui donnent sur le couloir : notre espace de travail et la salle d'entretien. Et au bout du couloir, cette kitchenette avec la machine à espresso. Il était là, tout seul. Les trois autres candidats, je veux dire Pierre, Sophie et Valentin, attendaient sur des chaises dans le couloir. J'étais dans la salle d'entretien avec Victor. Violaine et Chloé étaient dans l'espace de travail. Nous l'avons tous vu ce matin mais il était apparemment seul lorsqu'il a eu sa crise.

Victor Chemouli qui téléphonait à côté nous rejoint et se tourne vers le docteur :

— Quand est-ce que vous allez nous retirer ça ? lui demande-t-il brutalement. Nous n'allons pas passer la matinée à regarder un cadavre, c'est déprimant. Peut-on voir un médecin ?

Le jeune médecin retire lentement ses gants sans lever la tête.

— C'est moi, le médecin, je dirige l'équipe, dit-il sobrement. À qui pensiez-vous vous adresser ?

Victor ne se démonte pas. Il marmonne :

— C'est bien le moment d'être susceptible, bravo, vous ne voyez pas que nous sommes tous choqués ?

Pierre est trop heureux de cette bourde :

— Victor, vous êtes ignoble, alors vous, vous voyez un Black et, tout de suite, c'est un éboueur égaré ? Ce n'est pas étonnant que vos salariés vous trouvent imbuvable, vous êtes bourré de préjugés.

— Je ne fais pas un concours de popularité, Pierre, je fais tourner une usine, je vous laisse le monopole de la philanthropie. Ça m'est égal. Docteur, donc, reprend-il pompeusement, quelle est la cause du décès ?

Le docteur ne nous regarde toujours pas. Il est agenouillé près de Karl :

— Cet homme a eu une attaque, probablement un arrêt cardiaque, mais ce n'est pas clair. Il semble également présenter des symptômes de mort par étouffement. Je vais appeler la police. Je crains qu'une autopsie soit nécessaire pour déterminer la cause exacte du décès.

Un lourd silence accueille ce verdict et j'ai envie de partir en courant. J'apprécie d'habitude les menus événements qui viennent ponctuer mes journées de travail, mais là, c'est plus qu'une distraction, c'est un cauchemar. À considérer la mine du groupe resserré autour du corps, je ne suis pas la seule. La tête me tourne, je songe sérieusement à tomber dans les pommes lorsque Chloé me devance. Elle s'écrase sur la moquette.

— Eh bien, allez-y, profitez-en, il y a un médecin, lance Victor.

C'est inutile, Chloé ouvre déjà les yeux et me réclame du sucre. Elle est livide.

— Peut-être devrions-nous nous installer à côté avec elle, me suggère Valentin.

— Oui, merci.

Soulagée de son aide, je soutiens Chloé et l'installe sur la banquette de la salle d'entretien. Elle ferme les yeux et mâche son sucre avec concentration.

Valentin Evrard s'est assis à la table d'entretien.

— Vous vous rendez compte, il y a dix jours seulement, on se rencontrait ici pour la première fois. Juste pour un entretien. On était tous les trois assis là. C'était agréable, cordial, et aujourd'hui, ça…

— Comme vous dites, ça.

— Ma femme ne va jamais me croire, me dit-il.

— Ça paraît presque vous faire plaisir.

— Non, comprenez-moi, je suis choqué et horrifié, mais cela fait des mois que je ne sers plus à rien, là j'ai l'impression d'être vivant.

— Excusez-moi, je vois mal comment le fait de voir un pauvre type mort peut vous communiquer ce type de sensations.

— Je suis un survivant, pour la première fois, je vais avoir quelque chose à raconter chez moi.

— Je ne vous suis toujours pas.

— Vous êtes choquée, c'est normal, vous êtes jeune et vous ne savez pas ce que c'est.

— Non, effectivement.

— Je vais vous parler très franchement, Violaine, vous permettez que je vous appelle Violaine ?

— Bien sûr, un cadavre, ça rapproche.

— Non, je vois bien que ce n'est pas le moment, vous avez de la peine ?

— Je ne sais pas si on peut appeler ça de la peine, j'ai du mal à intégrer la situation, je suis triste que quelqu'un soit mort, même si Karl Braun était une vague connaissance.

— C'est bête qu'il soit venu mourir ici, il n'aurait même pas eu le poste.

— Qu'est-ce que vous dites ?

— Franchement, Violaine, je veux bien croire que son CV était impressionnant, mais cette arrogance ! Il n'aurait jamais été pris, il aurait fait peur à votre M. Chemouli.

— Comment savez-vous tout ça, vous ?

— Vous semblez oublier que j'ai un an de chômage, je commence à être un habitué des sessions de recrutement, je jauge mes adversaires.

— Eh bien, sachez que Karl Braun était tout à fait bien placé.

— Bien placé, oui, mais de là à être choisi…

— De toute façon, il me semble que la question ne se pose plus.

— Évidemment. Vous savez, je ne suis pas méchant et je ne me réjouis pas du décès de cet homme non plus. Simplement, dans ces circonstances tragiques, j'attrape le peu de bonheur que je peux avoir.

— Vous êtes philosophe.

— En fait, ma vie a tourné, un peu comme un aliment périmé. Tous les ingrédients étaient là, bien en place, et d'un coup il y en a un qui tourne et ça sent le pourri. Là, je vais pouvoir raconter plein de choses, ça fait si longtemps que je n'ai pas eu une vraie journée à raconter.

— …

— Capucine (c'est ma femme), elle m'a regardé partir ce matin avec bienveillance, vous savez une bienveillance de maman dont le fils va passer une audition de guitare. Ça va faire un an que je traîne dans ses pattes et le pire, c'est que ce n'est que vaguement ennuyeux pour elle. Nous n'avons pas besoin de mon salaire pour vivre. Je me sens comme une plante, un objet plus ou moins décoratif en périphérie de sa vie.

— Peut-être qu'elle veut éviter de vous mettre la pression.

Mon Dieu, quelle journée, je me retrouve maintenant à parler comme le courrier du cœur, dans deux secondes, je vais m'entendre lui dire de lâcher la bride de son amour ou de remettre en place les outils d'une communication qualitative.

— Je ne parle pas de notre vie amoureuse, non, Capucine lit suffisamment de magazines féminins pour savoir ce qui doit se faire et à quelle fréquence. Selon les critères du moment, nous sommes un couple épanoui et sans tabou. J'ai juste l'impression au final qu'elle coche la case sexe de son agenda à chaque fois.

Je ne suis pas pudibonde, je me flatte même d'être assez ouverte, mais de là à échanger des confidences sexuelles avec un candidat à côté d'un cadavre… Je me trémousse sur ma chaise, un peu gênée. Valentin ne s'en rend pas compte, il a envie de se confier. Il continue :

— Elle est donc vaguement ennuyée de me voir désœuvré, elle s'est fait un devoir de ne pas me mettre la pression et d'être compréhensive, comme vous dites si bien, mais avec le temps je sens que je commence à faire tache dans son décor. Elle a lâché la semaine dernière que je ne renvoyais pas une image très positive à nos enfants. Pourquoi ne pas avouer qu'elle me trouve minable et que je lui fais honte, avachi toute la semaine devant la télé ou scotché à mon journal… Mais

Capucine préfère parler d'image paternelle adéquate plutôt que de confier son dégoût instinctif de ma tronche de looser.

— Eh bien, ce n'est pas comme si vous ne faisiez rien pour changer la situation, vous passez pas mal d'entretiens d'après ce que j'ai compris.

— Oui, mais à chaque fois, ça me passe sous le nez à la dernière minute. Je passe bien mais je ne fais pas mouche, vous comprenez ?

— Oui.

Je baisse la tête. Valentin Evrard, le pot de fleurs.

— Pourtant, je mets toutes les chances de mon côté, vous savez. Tenez, j'ai même commencé le rugby, il faudra que vous m'expliquiez pourquoi, mais ça plaît beaucoup. Le rugby, c'est à la fois viril et sélect. Je n'ai jamais compris d'ailleurs. « Ah, vous faites du rugby, c'est que vous avez l'esprit de corps, le goût de la compétition, vous dépassez vos limites. » Vous pouvez me dire pourquoi ?

— Je n'en sais rien. Personnellement, je trouve que les rugbymen ont des têtes déformées.

— Je passe quatre heures par semaine à courir avec des quadragénaires ventripotents avant de me saouler à la bière et je me retrouve d'un coup estampillé manager charismatique. Si ça leur fait plaisir. Je suis simplement reconnaissant que le hockey sur glace ne bénéficie pas de la même aura car il m'a toujours été très difficile d'évoluer sur des patins…

Mon esprit embrumé se perd dans l'évocation de Valentin en petite tunique moulante et pourquoi pas tant qu'on y est bras dessus bras dessous avec Sophie, Pierre et Karl dans une chorégraphie endiablée sous l'œil attentif de Victor et de Marc dans les gradins. 10 pour les pirouettes, 2 pour la technique et toi, 0 tu es mort.

— C'est la rédaction de Marine, ma fille cadette, regardez.

Valentin me tend une feuille.

— Pourquoi me montrez-vous ça ?

— Parce que c'est le jour où je suis tombé dessus que j'ai envoyé ma candidature à Portorosier. Avec la ferme intention de gagner.

Il me tend la feuille. Personne ne fait attention à nous. Je n'ai pas tellement envie de passer des confidences de Valentin à celles de sa fille, surtout cadette, mais je m'ennuie. C'est une raison nécessaire et suffisante pour faire des choses absurdes.

Je déchiffre avec un peu de difficulté. « Racontez un dimanche en famille », annonçait une petite écriture tordue en haut de page.

Ma maman dort toujours très tard le dimanche parce qu'elle travaille beaucoup et parfois, elle sort avec ses copines. Alors, le dimanche, la maison est toute en silencieux. Laure, elle est toujours au téléphone, et je l'entends qui parle avec ses copines mais pas très fort parce que sinon, j'entends tout. Laure, elle ne veut pas que j'écoute depuis que j'ai demandé à Jeremy pourquoi il ne sait pas embrasser. Je ne fais pas de bruit et je vais préparer le petit déjeuner pour papa et maman, je leur fais la surprise tous les dimanches parce que sinon, ils ne se lèvent jamais et je suis toute seule dans le salon. Maman dit que papa est une marmotte et moi je ne trouve pas vraiment qu'il ressemble à une marmotte. C'est un peu comme quand maman me dit que je suis une princesse, elle travaille beaucoup donc elle ne doit plus tellement savoir à quoi ressemble une princesse. Papa lui est toujours content d'avoir son petit déjeuner. Il me fait des chatouilles et prend son journal. Maman dit que papa n'a pas de travail, c'est un mot qui ressemble à fromage mais j'oublie toujours. Alors quand on me demande ce que fait mon papa, je dis qu'il lit les journaux, un peu comme un Liseur. Après, il prend un crayon et fait des ronds sur la page. Quand maman rentre, elle est toujours contente de voir tous les ronds sur la page, elle dit « ça avance ». Le dimanche, papa ne fait pas de ronds, il fait des mots croisés. C'est un grand carré avec plein de cases et il faut mettre des mots dedans, papa m'a expliqué mais je suis trop petite. Quand je serai grande, moi aussi, je ferai des mots croisés mais je ne pense pas que je travaillerai comme maman. Je serai maîtresse parce que les maîtresses, maman dit toujours qu'elles ont toutes leurs vacances. Je voudrais bien que maman aussi soit maîtresse comme ça, je n'irais plus au club des grenouilles pendant les vacances. Ça sent le chou et les goûters sont tout mous. Maintenant que papa est à la maison, je vais lui dire que je ferai tous les petits déjeuners, tous les dîners et tous les déjeuners, comme ça peut-être que je ne devrai plus aller au club des grenouilles.

Cette prose est barrée « hors sujet ».

— C'est mignon, lui dis-je, ce doit être un sacré numéro. Cela dit, c'est hors sujet.

— Évidemment que c'est hors sujet, rugit Valentin. Chloé grogne sur sa banquette, elle avale d'un trait un troisième sachet de sucre.

— Comment voulez-vous qu'il en soit autrement avec un sujet pareil. J'aurais dû aller à la dernière réunion de parents d'élèves voir la tête de l'institutrice qui croit encore au concept de dimanche en famille avec maman qui fait une tarte aux pommes et papa qui fume la pipe en réalisant une maquette de bateau à voile avec son fiston. Capucine qui s'ennuie sans se l'avouer sort tous les samedis et passe le dimanche à soigner sa gueule de bois tandis que je traîne en survêtement devant des mangas toute la journée. Même un enfant sent l'inanité du dimanche et doit broder pour ne pas déprimer. Et encore, je suppose que Marine n'est pas la plus mal lotie, l'enfant qui change de parent le week-end et qui passe la journée à regarder la pluie tomber sur les vitres du McDo doit trouver le sujet encore plus exotique. Tous les élèves de la classe se sont sûrement révélés soit hors sujet soit mythomanes.

— Vous savez, ma maman fait encore des tartes aux pommes le dimanche et mon père fait des maquettes, c'est plutôt des maquettes de chars Leclerc, mais je suppose que ça marche aussi.

— Ah oui ?

Valentin s'en fiche. Il n'est pas là pour écouter. Et cela me fait encore vérifier un théorème de base : la meilleure façon de faire plaisir à quelqu'un qui sollicite votre avis, c'est encore de se taire.

— Ce que je veux vous dire, reprend-il, c'est que cette rédaction a surtout été l'occasion d'une prise de conscience douloureuse. Loin de représenter un quelconque modèle aux yeux de ma fille, je suis un liseur dont l'activité se rapporte au fromage, une espèce de glandu qui roupille. C'est dur. Je ne suis pas superman ni le prince charmant, je ne suis rien.

» C'est pour ça que, pour cet entretien, j'avais décidé de mettre toutes les chances de mon côté. Karl Braun ne m'a pas plus impressionné que cela. Je commence à être rompu aux techniques d'entretien. Arriver comme un conquérant n'est jamais une bonne chose. Il faut être un bon qui s'ignore. J'étais sûr qu'il allait sauter au premier tour, cette allure, ce côté arrogant allait faire fuir M. Chemouli qui, de ce que j'en ai vu, n'a rien d'une flèche. Je n'avais simplement pas prévu qu'il sauterait de façon aussi radicale.

— Lui non plus, je suppose.

Nous sommes interrompus par l'arrivée massive des autres candidats suivis de Marc et Victor. Sophie a l'air d'une somnambule en talons aiguilles. Elle trébuche et s'effondre sur une chaise. Pierre et Valentin entourent Victor et s'inquiètent en chœur de son emploi du temps perturbé. Ils sont suivis d'un homme basané en pull rose pâle.

— Bonjour à tous. Je suis le capitaine de police Charles Markus. Nous sommes face à une mort suspecte, aussi je vous prierai de bien vouloir patienter un moment dans cette pièce, le temps que nous tâchions d'y voir plus clair.

*

— Ne pouvons-nous pas rentrer chez nous ? attaque Victor. Monsieur, si enquête il y a, vous serez, je pense, prêt à admettre qu'elle ne nous concerne pas. Il est clair que Karl Braun a eu une crise cardiaque, c'est très fâcheux mais ça arrive.

— Il me semble que vous êtes au contraire directement concernés par les circonstances de sa mort, réplique le capitaine en rose, étant donné qu'il a eu l'idée de passer l'arme à gauche, un, en votre présence, deux, pour venir travailler pour vous. Vous me permettrez donc de vous garder encore un peu au chaud, le temps d'éclairer certains détails et de prendre quelques empreintes. Nous ne voudrions pas perdre des éléments qui seraient capitaux pour l'enquête.

— Excusez-moi, l'interrompt Sophie, vous êtes en train de nous dire que nous sommes soupçonnés de meurtre ?

— Non, madame, je vous dis que nous sommes face à une mort violente, donc suspecte. Nous devons prendre toutes les précautions nécessaires.

— Merveilleux. Puis-je savoir qui va aller chercher mes enfants à l'école ?

— Vous avez des difficultés pour faire garder vos enfants ? demande Victor Chemouli d'un ton soupçonneux.

— Non, pas du tout, répond Sophie du tac au tac, ma nounou s'est cassé la jambe mais c'est extrêmement rare.

— Vraiment ?

— Oh, oui, elle est dotée d'une ossature remarquable en temps normal.

— Eh bien, peut-être avez-vous des connaissances qui pourront vous rendre ce service, suggère Charles Markus.

— Oh oui, répète-t-elle avec un enthousiasme déconcertant, en cas de galère, je suis extrêmement bien entourée.

— C'est toujours ma femme qui va chercher les enfants à l'école, ment de façon éhontée Valentin Evrard à qui on ne demandait rien.

— Pour ma part, déclare Pierre Gambert, je n'ai pas d'enfants. Il me semble en effet que le monde contient suffisamment de miséreux pour éviter d'en rajouter. Je considère que la plupart des gens devraient se passer d'avoir des enfants compte tenu de la façon déplorable qu'ils ont de les éduquer.

— Eh bien, M. Gambert, le sermonne Sophie, voilà qui témoigne d'un manque de *drive* et de *self-confidence*, si vous voyez ce que je veux dire, avoir des enfants apprend le sens des valeurs et la pluridisciplinarité.

Charles Markus les regarde sans comprendre le sens de cet échange. Je me tais car j'ai peur de le comprendre.

— Madame, apprenez que je ne prends une responsabilité qu'à partir du moment où je suis tout à fait capable de l'assumer. Je ne m'engage pas à la légère.

— Mais on peut peser ses engagements et savoir prendre des risques.

— Absolument, s'incruste encore Valentin, je n'ai

jamais pour ma part reculé devant les challenges, la pression est pour moi un formidable moteur.

Marc sent à ce moment que la situation lui échappe complètement. Il avait organisé une série d'entretiens classiques et voilà que, outre la tête de liste écroulée sur la machine à café, le reste de ses candidats s'écharpent en direct.

— M. Chemouli, j'en suis sûr, reprendra ces points-là avec vous plus tranquillement, n'est-ce pas ?

Il roucoule vers son client qui se contente de lui lancer un regard dédaigneux.

— Ne comptez pas sur moi pour un autre carnage, Durland.

Manifestement, il lui en veut. C'est injuste mais pas plus, je suppose, que de se retrouver, sans crier gare, mort au milieu d'inconnus.

— Bien, dit Charles Markus, un peu interloqué. Je vais passer un petit moment avec chacun de vous pour faire la part des choses sur cette matinée. Selon nos premières constatations, Karl Braun est mort d'une attaque. Nous sommes peu avancés à cette heure et attendons les résultats complets de son autopsie. En attendant, je vais essayer d'y voir plus clair sur les événements en faisant de mon mieux pour que ce contretemps soit le moins pénible possible pour tout le monde.

Il se tourne vers Chloé :

— Pour commencer, je vais vérifier les identités et attributions de chacun. Mademoiselle, vous êtes ?

— Ce n'est pas ma faute ! commence Chloé, les yeux rougis.

— J'en prends note mais nous allons commencer par votre identité précise, mademoiselle… ?

Nous sommes distraits par une silhouette qui fait de grands signes par la fenêtre.

C'est Tristan qui rentre de son club de poésie. Il est, ces derniers temps, de plus en plus absorbé par le monde des idées et s'accoutre de façon extravagante qu'il imagine artiste et bohème. Le résultat est fâcheux, il arbore un chapeau tyrolien et une cape rouge. Il a l'allure d'un lutin du Père Noël qui aurait mal vieilli.

— Qu'est-ce qui se passe ici ? gesticule-t-il par la fenêtre.

— C'est notre directeur, dis-je à Charles Markus, il n'est sûrement au courant de rien.

— Faites-le entrer, lance-t-il aux policiers qui gardent l'entrée.

— Bonjour, monsieur, capitaine Charles Markus, il semblerait que nous soyons face à une mort suspecte au sein de votre entreprise, un candidat présenté ici a été retrouvé mort à la machine à café. M. Karl Braun, ça vous dit quelque chose ?

— Non, pas du tout, personne n'est blessé, j'espère.

Le policier regarde mon patron sans comprendre.

— Il y a un mort, monsieur.

— Juste un alors ?

— Pourquoi, vous aviez des raisons de craindre un génocide ?

— À vrai dire, compte tenu du nombre de policiers qui obstruent le passage, oui.

Tristan se tourne vers nous avec sollicitude.

— Comment vous sentez-vous ? Qui sont tous ces gens ?

— C'est ma short list, enfin, ce qu'il en reste, dit Marc d'un air sombre. Et voici M. Victor Chemouli, de chez Portorosier.

— Hum, rappelle-moi qui est Portorisier…

C'en est trop pour Victor qui se redresse d'un coup.

— Portorooosier, nous sommes les leaders mondiaux de la production industrielle de ressorts cylindriques, dit-il.

— En effet, reprend Sophie qui a un coup à rattraper, Portorosier réalise un CA équivalent à deux cents millions d'euros pour cette année. Ils s'inscrivent dans une démarche éco-citoyenne de production de matériel recyclable destiné au marché très porteur des voitures hybrides. L'écologie est un sujet qui m'a toujours tenu à cœur, j'ai même réalisé un mémoire sur le bio en 1998 alors que ce marché était encore embryonnaire, c'est un produit que je défendrai avec passion.

— Je trie mes déchets de longue date, s'écrie Valentin. Ma fibre écologique n'est plus à démontrer pour mon entourage. Mais je pense que mon vrai talent réside dans mes aptitudes commerciales. Je suis capable de vendre, c'est ma passion, j'ai ça en moi.

— Le vrai commercial, embraie Pierre Gambert, c'est celui qui est le produit, qui l'intègre au point de ne faire plus qu'un avec lui. Moi, le ressort, je le fais, je le connais, je pense ressort, je suis ressort, c'est ça qui convainc un acheteur.

— Intéressant, vraiment passionnant, et je suppose que pour vendre une poubelle, il faudrait penser poubelle ? grince Valentin. Pardonnez-moi, mais le vrai talent du commercial, justement, c'est de se mettre au niveau de son interlocuteur par l'écoute, l'empathie avec le client. Tenez, M. Chemouli, donnez-moi n'importe quoi dans la pièce et je vous le vends…

— Merveilleux, essayons un corbillard, par exemple. C'est pas fini, ce cirque ?

Charles Markus semble excédé.

— À présent, tout le monde s'assoit, je vais vous prendre un par un pour vérifier votre identité et essayer de comprendre ce qui s'est passé. En attendant, vendez tout ce que vous voulez, la table, les chaises, vos bijoux de famille, mais vous restez tranquilles, est-ce que c'est bien compris ?

Tout le monde a bien compris. Impressionnant. Le capitaine m'inspire.

— Vous, dit-il à Tristan, je vous demanderai de quitter les lieux. Votre présence pourrait perturber le déroulement de notre enquête.

Ce disant, le capitaine fixe bizarrement le chapeau de Tristan.

— Alors, les dés sont jetés, déclame Tristan, pathétique, vous allez fouiller dans notre travail, suspecter mes salariés. Allez-y, saccagez l'œuvre de ma vie, je la reconstruirai sans un mot. Connaissez-vous Kipling, capitaine ?

— Non, excusez-moi mais j'ai du travail. Passez voir l'officier à l'entrée, il prendra votre identité, nous aurons peut-être besoin de votre déposition. Veuillez me suivre, mademoiselle.

Chloé se lève avec un air de martyr. Le monde bascule pour la deuxième fois de la journée lorsque je la vois embrasser langoureusement Marc qui lui fait promettre d'être bien courageuse :

— Résiste, j'ai besoin de toi *alive and kicking*...

Paroles de circonstance. À côté de ça mon gala de patinage artistique me paraît totalement réaliste. La prochaine étape, c'est tous les policiers qui dansent en tutu rose sur *La Mélodie du bonheur* avec Charles Markus dans le rôle de Maria.

*

— Tu sors avec Marc, toi, maintenant ?

Je suis vexée comme un pou de n'avoir rien vu et je persifle aux oreilles de Chloé dès son retour d'interrogatoire.

— Ben quoi, on a bien le droit, dit-elle d'une voix qui porte encore les traces de ses multiples crises de nerfs.

— Oh, mais je ne pensais pas au droit, juste, il me semblait que tu le détestais ?

— Eh bien, moi aussi, je le croyais. Mais une fois, on était tout seuls au cabinet et il était tout triste parce que sa copine l'avait appelé pour qu'il vienne récupérer ses DVD. Il était là, avec son intégrale de *Starsky et Hutch*, on aurait dit un petit animal abandonné. Il m'a fait de peine, alors je suis allée lui parler et de fil en aiguille ça s'est fait. Voilà, c'est tout.

— Mais pourquoi tu ne me l'avais pas dit ?

— On était gênés et puis, on ne savait pas comment Tristan le prendrait.

— Mais là, je te parle de moi, pas de Tristan.

— Je sais, ne le prends pas mal, mais j'avais peur de te le dire. Je pensais que tu m'en voudrais. Nous ne voulions pas te faire de peine. Tu es toujours seule et il était gêné d'exposer notre bonheur alors que pour toi…

— Quoi, moi ?

— Tu sais, quoi, Marc. Tu l'aimes bien, quand même.

Je suis tellement estomaquée que je ne trouve rien à répondre, Chloé renchérit :

— Ben, tu vois, j'avais raison, maintenant, tu fais la gueule.

— Non, mais attends, je n'ai jamais rien ressenti pour Marc, ce n'est pas mon genre, cette couille de loup. Je te signale que mon célibat est un choix totalement délibéré et assumé.

Chloé n'a pas l'air convaincue.

— Tu te réfugies derrière ton agressivité mais en réalité tu es complètement seule… sans personne.

Sans personne, il ne faut pas exagérer, j'ai Brice et Childéric quand même.

— Rien à voir. Chloé, je te jure que c'est parfait. Toi et Marc, je n'y aurais jamais pensé mais maintenant que tu le dis, c'est une expérience tout à fait intéressante.

— Comme tu veux. Si c'est trop dur pour toi, on peut quand même en parler, tu sais.

— Je n'ai pas envie d'en parler, je n'ai rien à en dire.

— De toute façon, tu fais toujours des histoires pour un rien…

Elle se lève et repart auprès de Marc. Je reste les bras ballants et me tourne en désespoir de cause vers Pierre Gambert :

— Ah, les filles…

Je m'attends à échanger quelques généralités sur le beau sexe pour me détendre, mais c'est oublier à qui je m'adresse.

— Franchement, il est étonnant que certaines femmes se plaisent à véhiculer des stéréotypes machistes et réactionnaires. Vous ne semblez pourtant pas totalement idiote, Mlle Letellier, mais vous êtes manifestement le fruit d'un milieu petit-bourgeois qui est actuellement l'instigateur de retours effrayants vers des schémas archaïques et dépassés.

Le moins que l'on puisse dire, c'est que Pierre Gambert démarre au quart de tour.

— Excusez-moi, je disais juste ça comme ça.

— Oui, c'est bien ce que je dis, vous véhiculez sans vous en rendre compte le type même de stéréotypes qui m'insupportent.

Il se trouve que la journée a été assez éprouvante, qu'il est 14 heures et que nous n'avons pas déjeuné, ce qui me rend belliqueuse.

— Est-ce qu'il est écrit dans le manuel du parfait petit syndicaliste qu'il faut manquer d'humour et d'à-propos ? Nous sommes dans des circonstances pénibles et j'essaie de détendre un peu l'atmosphère, pas de véhiculer quelque stéréotype que ce soit.

Pierre Gambert prend l'air indulgent.

— Ce n'est pas de votre faute, vous ne vous en rendez pas compte, c'est inscrit en vous et vous n'avez jamais pris la peine d'y réfléchir.

— Mais qu'est-ce que vous en savez ?

— Eh bien, vous avez tout de la petite bourge, sauf votre respect. Est-ce que vous avez vraiment déjà réfléchi à votre place dans la société ? Non, vous vous contentez probablement de suivre le chemin que papa a tracé pour vous.

Je préfère ne pas expliquer à Pierre Gambert en quoi consistait le chemin que papa avait tracé pour moi.

— Alors dès qu'on ne porte pas un tee-shirt Che Guevara, pour vous, on est un petit-bourgeois réac. C'est vous qui êtes un dinosaure, M. Gambert.

— Je ne vous parle pas de votre tee-shirt. Vous êtes tous les mêmes, aujourd'hui, les jeunes, vous ne pensez qu'à l'apparence, à votre petite consommation personnelle, à votre épanouissement individuel. Vous ne vous intéressez à rien si ce n'est à votre petit cercle, à vos études qui vous donneront un gentil petit métier pour acheter une maison de merde et jouer à la belote avec vos voisins. Vous êtes indifférents à tout combat politique, l'important c'est que la gamelle se remplisse, le reste, ce n'est pas votre problème, vous êtes des moutons.

— Excusez-moi, M. Gambert, mais je ne me sens absolument pas concernée. Désolée de ne pas vous avoir inondé de tracts sur le Tibet libre dès votre arrivée, mais je vis moi-même dans une chambre de treize mètres carrés, suis régulièrement à découvert, et ne spécule pas en bourse.

— Le Tibet libre… C'est bien ce que je disais, vous êtes une Parisienne. Mes parents étaient de vrais ouvriers. J'ai grandi avec une conscience politique, celle du bien commun, de l'égalité et de la fraternité. Dans ma jeunesse, on était autrement plus mobilisé que vous, je vous le dis.

— Et qu'est-ce que vous faites ici au juste, on n'est pas spécialement une association à caractère social et vous ne postulez pas pour être Père Noël, que je sache.

— Je suis ici pour apporter ma modeste contribution à un changement du système dans la douceur.

— Et vous reverserez bien entendu une part de votre salaire à l'association des vétérans des mines, je suppose.

— Mais oui, une part conséquente de mes revenus est destinée à mes activités politiques et au soutien d'associations.

— Évidemment, je me doutais que vous ne les consacriez pas à vos attributs vestimentaires…

— Mlle Letellier, il est évident que je ne rentre pas dans vos critères d'élégance. Ça m'est égal, comme je vous l'ai dit, je m'oppose à la société de consommation et au « toujours plus » que semble avoir intégré votre génération de jouisseurs. Pour un pantalon, vous dépensez de quoi nourrir une famille éthiopienne pendant un an.

Franchement, me retrouver responsable de la malnutrition d'une tribu éthiopienne parce que je refuse de m'habiller comme une institutrice communiste a de quoi me faire sortir de mes gonds.

— M. Gambert, s'habiller comme vous le faites alors que vous gagnez votre vie, c'est mettre au chômage vos camarades. Ce sont des gens comme vous qui ont détruit les emplois des ouvriers de Dim, Charles Jourdan, Laforêt. En achetant ces nippes à bon marché, vous soutenez les entreprises qui délocalisent. J'espère que vous êtes conscient que la petite fille qui a réalisé votre pantalon dans un atelier crasseux de Canton en chopant la tuberculose ne va pas à l'école pour que vous puissiez arborer aujourd'hui cet affreux faux costard.

Pierre Gambert suffoque d'indignation.

— Vous ne savez pas à qui vous parlez, je suis membre d'Amnesty International.

— Ça ne m'étonne pas, allez donc visiter l'usine de Merdassa Mode la prochaine fois que vous irez en Chine, vous expliquerez à l'ouvrière qui a cousu pour vous à quel point il est important de s'instruire et de prendre la pilule. Vous la trouverez, c'est celle derrière le troisième poteau qui tousse dans son mouchoir.

— Je suis pour une consommation citoyenne et respectueuse, mademoiselle, mais peut-être me suis-je trompé à votre sujet, chez Amnesty International, on a besoin de gens passionnés. Venez donc nous rejoindre si vous êtes concernée par le sort des ouvriers dans le monde, il y a une conférence à ce sujet mardi prochain.

— Non, merci, je suis déjà prise, j'ai rendez-vous avec Barbie à des soldes privés pour acheter des toques qui font fureur, elles sont exclusivement réalisées avec des bébés phoques d'Alaska. Mais rassurez-vous, ils étaient déjà morts de soif, victime du réchauffement climatique.

— Vous êtes peinée, je le vois.

— À vrai dire, non, je suis juste exténuée, excusez-moi mais parlons d'autre chose. Où habitez-vous ?

— Dans une maison près de l'usine de Melun.

— Vous êtes seul ?

— Non, j'habite avec mon chien. Je suis séparé depuis peu.

— Oh, je suis désolée.

— Non, ça va, elle s'appelait Natascha et venait d'ex-URSS, elle est partie monter une agence de top models là-bas. C'était une femme enfant, belle mais peut-être un peu creuse. Je la croyais engagée à mes côtés, mais en fait elle était juste posée là faute de mieux. Si j'étais lyrique, je vous dirais qu'elle a succombé aux sirènes du capitalisme.

— Ah…

Je ne sais pas trop quoi dire, quoiqu'il serait instructif de voir Pierre Gambert lyrique.

Son histoire est glauque, mais en même temps je ne me fais pas trop de soucis, il va sûrement tomber sur une bibliothécaire trotskyste dans les couloirs d'Amnesty International.

— Et vous, Violaine, vous êtes en couple ?

Cette expression me fait sursauter, on dirait qu'il évoque une paire de bœufs.

— Non, à vrai dire, pour le moment ce n'est pas une réussite. Disons que j'attends la perle rare.

Volontairement, je ne parle pas du prince charmant, je ne sais quelle résonance archaïque ce mot aurait pour Pierre Gambert.

— Une belle fille comme vous…

Pierre Gambert me soupèse du regard comme un kilo de jambon.

— Ben oui, ce n'est pas de chance. Ce n'est pas évident de rencontrer du monde non plus, regardez ici, le seul célibataire, c'était Karl Braun.

— Ce n'était pas un homme pour vous, Mlle Letellier.

Décidément, le meurtre semble être propice aux confidences et pronostics amoureux…

— Karl Braun était un parasite de la pire espèce, le monde ne perd pas grand-chose aujourd'hui, croyez-moi.

— Comment pouvez-vous dire une chose pareille ! Ce n'était pas mon genre, d'accord, mais de là à souhaiter sa mort.

— Ne me faites pas dire ce que je n'ai pas dit, je n'ai jamais souhaité sa mort, simplement, puisque c'est arrivé et qu'on n'y peut rien, je ne peux pas m'empêcher de penser que nous n'avons pas perdu grand-chose. Il n'y a qu'à voir son regard quand il est arrivé, il nous regardait tous comme des choses. Comme des insectes, dérangeants et inintéressants à la fois. Sauf la femme, Sophie, il l'a regardée avec insistance, à tel point qu'elle était toute rouge.

— Ah bon ?

Je ne pensais pas que Sophie était du style à rougir sous les regards des hommes, vu le cinéma qu'elle a servi à Marc lors de son entretien.

— Oui, puis il a fait glisser son regard sur nous, je dis « glisser », pas pour faire de la littérature, il nous regardait en passant, sans s'arrêter sur nous. Il a passé des coups de téléphone… Un prototype de faux jeton capitaliste avec une calculatrice dans la tête et un portefeuille à la place du cœur. Nous avons eu droit à un florilège de sa vie et croyez-moi, ça ne faisait pas envie.

— Qu'est-ce qu'il a raconté ?

— À vrai dire, le premier coup de fil était en allemand, alors je n'ai rien compris, mais après il a parlé avec un client, et moi qui connais le négoce, je peux vous dire que la marge prise sur les transports était absolument mirobolante. On n'a jamais vu ça chez Portorosier. Et comment il emballait ça en faisant passer son interlocuteur pour un crétin quand il posait des questions… Du grand art. Ensuite, il a appelé son assistante pour lui aboyer dessus. Franchement, je ne sais pas qui est délégué du personnel dans son entreprise, mais si cela se passait dans ma boîte, j'aurais vite fait de recadrer les choses. On n'a pas le droit de parler de cette façon à un être humain sous prétexte qu'il est une femme et que sa fiche de paie n'indique pas cinq zéros.

— Si ça se trouve, elle était nulle.

— Croyez-moi, Karl Braun n'a pas attendu qu'elle le lui démontre. Son ton était exécrable. Je hais ces individus, je les hais. Si cela ne tenait qu'à moi, ces conduites seraient sanctionnées par des mesures disciplinaires appropriées. Nettoyer les chiottes pendant six mois, voilà qui aurait ramené son orgueil à une taille acceptable.

Je souris au souvenir du ton goguenard de Karl. Moi, il me plaisait bien, il assumait son côté cannibale.

— On a besoin de conquérants, d'une certaine façon, ils font bouger les choses.

— Vous êtes naïve, Violaine, ces gens-là ne font rien évoluer si ce n'est la taille du fauteuil dans lequel ils posent leur cul.

— Vous savez, les gens à qui l'on parle toute la journée se ressemblent un peu tous, ils sortent des mêmes écoles, fréquentent les mêmes clubs de sport et sont tous passionnés par les musées contemporains et la littérature étrangère. À croire que les musées sont remplis de cadres de haut niveau qui arpentent les couloirs avec leurs portables en bandoulière, échangeant sur le CAC devant *La Joconde*. Karl Braun, lui, était quelqu'un de franc, on savait où on habitait avec lui. À force de parler toute la journée à demi-mots, j'apprécie les gens transparents.

— Ouais, il était surtout franchement pourri. Et ça m'aurait fait mal au cœur que Portorosier embauche ce type.

— Mais oui, parce que vous auriez été sous ses ordres en fait.

— Ce n'est pas l'armée chez nous, Mlle Letellier, mais effectivement, j'aurais dû lui rapporter sur un certain nombre de points. Mais ce n'est pas ça qui me faisait le plus peur. Tous ces salariés que je bichonne livrés à une espèce de brute imbue d'elle-même, je ne l'aurais pas supporté. Toute ma vie, j'ai attendu cela, passer de l'autre côté de la barrière, devenir cadre pour gérer avec humanité. Leur prouver qu'un dirigeant peut être humain. Que le socialisme peut être une réalité économique viable. Mes parents ont travaillé cinquante ans dans la même usine. À la chaîne. Au même poste. J'ai juré que je ne vivrai pas ça, que les personnes qui me seraient confiées ne vivraient pas cela non plus. Être comme une machine, une machine qui doit tourner ou être envoyée à la casse. Être transparent au regard des directeurs qui font visiter l'usine dans leurs manteaux de cachemire. N'être qu'un poste, une fonction. Un jour de vacances, lorsque j'étais enfant, le contremaître m'avait permis de rester près de ma mère durant son service. Je la regardais et j'admirais sa dextérité, la façon dont elle vissait les pièces, sa rapidité et son endurance. Je trouvais que c'était la meilleure de toutes. Elle ne discutait pas avec les autres, elle ne riait pas aux plaisanteries, elle était concentrée sur ses boulons. Parfois, elle me regardait et me souriait. Elle était fière aussi de montrer à son fils comme elle travaillait bien, comme elle y mettait du cœur.

» Puis un boulon lui a échappé. Il est tombé sur le sol et a ricoché plusieurs fois en tintant. J'ai vu ma mère se pétrifier, et il m'a semblé que l'air s'était rempli du bruit qui résonnait jusque dans ma tête. Le contremaître s'est approché, il l'a regardée comme on considère un enfant, il contenait son agacement. "Josette, je le note, vous avez encore lâché la tige. Ce n'est pas comme si vous ne saviez pas après tout ce temps."

» Maman avait l'air malheureuse, mon cœur est descendu dans mes talons. Elle donnait raison au contremaître : "Grande bourrique, qu'elle disait, grande bourrique, tiens-la donc ta tige !" Ce n'était pas juste, elle s'appliquait tant. Ils ne l'ont jamais fait monter et elle n'a jamais eu d'autre objectif que de tenir la tige. Dans mon usine, avant d'être commercial, j'étais contremaître et je ne laissais jamais plus de deux ans de suite mes ouvriers au même poste. Pour qu'ils apprennent, pour que leur volonté paie.

» Les Karl Braun s'en foutent de faire grandir les petites mains, il aurait sans souci laissé ma mère cinquante ans tenir la même tige pour visser le même boulon. Il vendait pour toucher son argent, pour le reste, tout le monde peut crever. Je ne l'aurais pas laissé prendre ce poste, je ne l'aurais pas laissé faire.

Je reste silencieuse. Karl Braun avait un don pour inspirer des sentiments extrêmes, la jubilation chez Marc, l'envie chez Valentin, la haine chez Pierre. Quant à moi, comme tous les marioles que je croise, je le trouvais vaguement amusant. Il avait un fond d'honnêteté rare chez les managers qui se déguisent toujours en moines bouddhistes zen et bienveillants pour venir faire leur réclame. Il jouait franc-jeu. Peut-être un jeu dangereux.

— Veuillez entrer, mademoiselle.

Notre open space a été transformé en QG pour l'occasion et mis sens dessus dessous, avec des policiers qui farfouillent partout. Mon bureau est en travers de la pièce, pour faire une table d'interrogatoire je suppose, si je considère Charles Markus et son acolyte assis face à moi. Marc qui est passé juste avant moi doit être fort peiné de la nouvelle disposition des bureaux. Lui qui n'est pourtant pas adepte du feng shui a en effet des idées très arrêtées sur ce qui fait un bon environnement de travail. Si nous ne sommes pas tous les uns face aux autres, la synergie, l'« impulse » ne passe plus.

Avant de venir chez Barney Mac Cowles, il sévissait chez Mickey Plage, grand cabinet anglo-saxon où des tas de Marc se donnent la réplique toute la journée dans des cages de cent personnes. Les consultants de Mickey Plage se targuent d'être potaches et efficaces à la fois, ce qui dans les faits signifie que tous lancent des blagues sans écouter celles des autres entre deux facturations. Un état proche de l'autisme si vous voulez mon avis. Marc, lui, ne s'embarrasse pas de mon opinion, ce qui fait que j'ai vue sur mes collègues toute la journée. Même en étant amoureux, vous ne passeriez jamais une journée entière à regarder l'aimé. Eh bien, c'est ce que l'on fait, et avec des personnes envers lesquelles on est loin d'éprouver des sentiments aussi tendres. Donc en dépit des circonstances particulièrement fâcheuses qui ont entraîné ce chambardement, je trouve la pièce plutôt agréable disposée ainsi.

Je suis en plus tout à fait sensible à l'énergie dispensée par les yeux bruns du capitaine Markus.

Il paraît préoccupé, mais je suppose que dans ce type de situation, un policier se doit d'afficher une mine sérieuse.

— Veuillez me décliner votre identité, votre fonction et la raison de votre présence sur les lieux.

— Violaine Letellier, je travaille ici depuis trois ans. Je suis chargée de l'identification et de l'approche des candidats. Je travaille avec Marc Durland sur la mission Portorosier où nous étions mandatés pour rechercher un directeur commercial. Karl Braun, Sophie Legrand, Valentin Evrard et Pierre Gambert sont les candidats que nous présentions à Victor Chemouli pour qu'il fasse son choix. C'est ce que nous appelons notre « short list ». Les rendez-vous devaient s'échelonner dans la matinée après un test psychologique.

— Donc, c'est vous qui avez contacté les candidats pour la première fois ?

— Oui.

— Comment ont-ils été sélectionnés ?

— Karl Braun a été chassé sur son lieu de travail, Valentin Evrard m'a été conseillé par l'un de mes contacts, j'ai contacté Sophie Legrand à partir de son annuaire d'école. Ce sont des méthodes d'approche classiques. Quant à Pierre Gambert, nous devions le recevoir suite à des pressions internes chez Portorosier. L'équipe commerciale souhaitait qu'il ait le poste, nous avons dû l'intégrer à notre processus. Tous ont eu un entretien avec Marc Durland et moi-même avant d'être sélectionnés.

— Les connaissiez-vous avant ce contact ?

— Non.

— Selon vous, se connaissaient-ils avant de se rencontrer ce matin ?

— Pas à ma connaissance, ils n'ont pas fait les mêmes études, n'ont pas été dans les mêmes entreprises. Mais puis-je vous demander pourquoi nous sommes interrogés ? A-t-on découvert quelque chose sur Karl Braun ?

— Plus précisément, nous avons retrouvé quelque chose dans la cuvette de vos toilettes.

Charles Markus me tend une boîte de cachets.

— Cela vous dit quelque chose ?

— On dirait de l'aspirine.

— Pas vraiment. C'est un puissant somnifère à base de benzodiazépine. L'avez-vous déjà vu ?

— Non.

— Connaissez-vous quelqu'un qui utilise ce type de somnifère ?

— Non.

— Nous avons retrouvé des dépôts ressemblant à la poudre de ce somnifère dans le fond du gobelet laissé à côté de Karl Braun. Ce qui nous porte à envisager un acte de malveillance. C'est peut-être cette prise massive qui a déclenché l'arrêt cardiaque.

Jolie façon de parler de meurtre.

— Karl Braun vous a-t-il semblé dépressif ou suicidaire lors des contacts que vous avez pu avoir avec lui ?

— Non, pas plus que vous et moi.

— Mlle Letellier, vous, c'est votre problème et moi, cela ne vous regarde pas. Avez-vous constaté des traces de dépression ou de troubles psychiques chez Karl Braun ?

— Non, il avait l'air survolté, il était d'humeur

changeante mais pas dépressif, maintenant, je ne suis pas psychiatre.

Je regarde Charles Markus dans les yeux, il commence à être désagréable, celui-là aussi.

— Bien, connaissez-vous quelqu'un ici qui soit susceptible d'avoir des troubles psychologiques ?

À vrai dire, personne n'est très clair, Tristan est illuminé, Chloé paranoïaque, Marc autiste, Valentin dépressif, Pierre a des idées obsessionnelles et de ce que j'en ai vu, Sophie semble présenter des symptômes de nymphomanie. Mais enfin, ce ne sont que des impressions.

— Non, cela ne m'a pas frappée.

— Soyez précise dans vos réponses, s'il vous plaît, Mlle Letellier, cela ne vous a pas frappée, mais cela vous a-t-il effleurée ?

— Vous jouez avec les mots. Je vous ai dit non.

— Bien, nous reprendrons cela plus tard. Pour l'heure, veuillez me retracer précisément ce que vous avez vu des événements de ce matin.

— Je suis arrivée la première, j'ai ouvert le cabinet et préparé du café pour tout le monde. Pierre Gambert est arrivé suivi de Valentin, Sophie et enfin Karl. Victor Chemouli est arrivé en dernier. J'ai installé tous les candidats dans la salle de réunion pour qu'ils remplissent un test psychologique. Ce test devait être ensuite corrigé en ligne par une psychologue qui appartient à un autre cabinet de conseil. Nous avons découvert Karl Braun à la fin du test. Tout le monde pensait qu'il était allé se refaire un café.

Ma voix déraille un peu, la vision de Karl Braun mort n'est pas une image particulièrement agréable et j'ai l'impression qu'elle reste collée à mes paupières. Charles Markus n'affiche pas la moindre sollicitude.

— C'est important, où se trouvait chacun d'entre vous à ce moment-là ?

— Marc et Victor Chemouli étaient dans la salle d'entretien, les quatre candidats étaient dans la salle d'attente qui jouxte la pièce où l'on prend le café. Je faisais la navette entre les trois.

— Quelqu'un s'est-il à un moment donné trouvé seul avec Karl Braun ?

— À peu près tout le monde. Ça bougeait pas mal et comme je vous le dis, après le test, les candidats en avaient assez et faisaient les cent pas. Je l'ai vu téléphoner dans la salle d'attente. C'est la dernière fois que je l'ai vu vivant.

— Est-ce vous qui lui avez servi son café ?

— J'ai disposé les tasses sur un plateau et ils se sont servis tout seuls. Excusez-moi, mais est-ce que vous me soupçonnez d'avoir mis du somnifère dans le café de notre candidat favori ? Passons le fait que j'ai toujours été considérée comme quelqu'un de relativement gentil, quel aurait été mon intérêt à shooter un candidat qui vaut plus vif que mort si vous me passez l'expression ? Sans parler de l'assassiner !

— J'essaie simplement d'y voir clair. Il y a eu un mort, et si l'on considère qu'il était sain d'esprit, il ne s'est pas lui-même administré un puissant somnifère avant de passer un entretien d'embauche.

J'ai toujours aimé faire ce que l'on attend de moi et ce n'est pas facile de se voir soupçonné de haute trahison. En effet, mis à part les effets d'une cuite provoquée par l'ennuyeux Brice à la gourmette, j'ai commencé ma journée de façon classique, consciencieusement, et c'est avec grande difficulté que je me vois répondre aux interrogations soupçonneuses d'un policier troublant, après une découverte macabre.

— Votre collaborateur m'a remis ce dossier qui

contient les parcours des candidats ainsi que vos appréciations. Sur quels critères avez-vous rédigé cette grille ?

Les feuillets estampillés Barney Mac Cowles sont étalés sur la table.

— Eh bien, c'est une grille que nous remplissons après l'entretien. Elle est censée donner à notre client un étalonnage des candidatures, elle permet de voir d'un coup d'œil les points forts et les faiblesses de chaque candidat.

— Intéressant. D'après ce que je vois, Karl Braun arrivait largement en tête.

— Je vous l'ai dit, c'était notre candidat favori.

— Mlle Letellier, quelles sont selon vous les qualités principales d'un meurtrier ?

— Je vous demande pardon ?

— Oui, après tout, c'est votre métier, vous définissez des profils pour vos clients, vous sélectionnez les personnes, sur quels critères recruteriez-vous un meurtrier ?

Le petit gros assis à côté du capitaine se trémousse, gêné.

— Vous pensez que j'ai envie de plaisanter ? C'est peut-être votre quotidien, mais moi, c'est la première fois que je vois un cadavre et ça ne me fait pas franchement rire.

— C'est très sérieux, je vais m'exprimer autrement. Vous avez défini pour chacun un seuil de résistance au stress, vous vous êtes flattée d'évaluer leur capacité à prendre des risques. Lequel d'entre eux vous semble le plus susceptible d'avoir commis un meurtre ?

— Mais je n'en sais rien. A priori, Karl Braun me semblait le plus dénué de scrupules. S'il y en a un qui pourrait avoir envie de prendre des somnifères, ce serait Valentin Evrard. Maintenant, c'est le premier que j'ai découvert tout froid, tandis que l'autre frétille dans la salle d'à côté. Qu'est-ce que vous voulez que je vous dise ? Que je sais mal évaluer les potentiels ? Si ça peut vous faire plaisir, je deviens fleuriste dès demain. Cela m'évitera de répondre à vos questions tordues.

— Calmez-vous, mademoiselle, je recherchais simplement votre collaboration. Vous êtes la seule à connaître tous les suspects dans cette affaire. Mais je vois que vous avez besoin de repos, je vais vous libérer… pour le moment.

Charles Markus marque un temps d'arrêt. Je me lève.

— Au fait, Mlle Letellier, je suppose que je ne vous apprends rien si je vous dis que les somnifères appartiennent à Marc Durland, votre collaborateur. Selon ses dires, ils étaient dans la poche de son manteau dans la penderie où ont été mises toutes les affaires des candidats.

— Si, je l'ignorais.

Il me semble que ma gorge se noue un peu plus.

— Il prétend que c'est pour sa mère. Connaissez-vous son histoire familiale ?

— Non, pas du tout. Nous ne nous voyons jamais à l'extérieur du bureau.

— Alors, vous ignorez aussi que sa mère a été internée suite à des problèmes de schizophrénie ayant donné lieu à des violences aggravées ?

— Oui.

— Avez-vous déjà remarqué des comportements violents chez votre collègue ?

— Non, jamais.

— Je pense que ce sera tout pour le moment, mademoiselle. Vous pouvez retourner avec les autres.

*

Dans la salle de réunion, l'ambiance est animée. Pierre Gambert, outré par ce qu'il appelle une « séquestration non justifiée », tente de fomenter un putsch.

— C'est une grave atteinte à la présomption d'innocence. Nous n'avons même pas pu joindre d'avocats.

— C'est que nous n'avons pas été mis en cause pour le moment, tempère Valentin. Ils rassemblent les preuves et s'assurent de ne rien laisser passer, je suppose.

— Nous ne savons même pas ce qui s'est passé. Nous sommes parqués comme du bétail depuis six heures et interrogés sans ménagement.

— Qu'est-ce qu'ils vous ont fait, Pierre, demande Victor Chemouli, lassé, ils vous ont frappé avec l'annuaire des BTS de France ?

— Sachez, monsieur, se défend Marc Durland, que nous ne recherchons que les hauts potentiels. Nos annuaires sont ceux d'HEC et de Polytechnique.

— Ah, oui ? Vous avez dû faire une exception pour moi, je n'ai pas vu de polytechnicien dans la salle.

Sophie Legrand relève la tête :

— Je m'insurge contre cette logique française élitiste qui voudrait que l'école soit la plus haute distinction d'un individu. Je me suis toujours imposée par mes compétences. Certes, je me suis formée dans une école de second rang mais j'ai toujours su faire mes preuves par ma niaque et mes talents de négociatrice.

— Bien sûr, reprend Valentin, mais il me semble qu'une formation solide structure un individu et lui apporte un potentiel de réflexion et d'abstraction qui lui permet ensuite de penser avec une longueur d'avance. Moi, par exemple, mes deux années de classe préparatoire m'ont permis d'acquérir une solide culture générale ainsi qu'une grosse force de travail ; la pression n'est pas un ennemi pour moi.

— C'est vrai qu'on a eu l'occasion de noter votre résistance à la pression, persifle Sophie, elle consiste à fixer, tout blanc, vos chaussures. Vous avez même appelé votre maman, je vous ai entendu.

— C'est faux, s'énerve Valentin. Mais c'est vrai que nous n'avons pas les mêmes armes face à la police. Vous disposez peut-être d'un capital sympathie égal à la profondeur de votre décolleté.

— Ça, c'est petit, typique du mâle en détresse.

— Ça suffit, s'insurge Pierre Gambert, c'est ainsi qu'on leur donne raison : la division. Vous voyez bien qu'ils cherchent un coupable pour ne pas passer pour des incapables vis-à-vis de leur hiérarchie. La vérité, c'est qu'ils ne savent rien et qu'ils vont chercher parmi nous le coupable idéal. Nous devons rester unis, forts. Surtout, ne dites rien. Ils vous cuisinent pour vous piéger. Cachez vos opinions politiques et religieuses, ils risqueraient de s'en servir contre vous.

— Vous pensez à quoi, ironise Sophie, à une inculpation pour attentat au somnifère ? Pour sabotage de café ?

— Vous rirez moins quand vous aurez les menottes aux poignets, nous avons tous vu les regards que vous échangiez avec la victime…

Effectivement, Sophie ne rit plus du tout.

— De quoi voulez-vous parler ? Je ne l'avais jamais vu de ma vie.

— Cela dit, reprend Valentin, c'est vrai que j'ai pu noter aussi votre comportement plutôt nerveux en sa présence. Vous aviez l'air apeurée.

— Pathétique, vraiment, alors vous, vous dites vraiment n'importe quoi, il y a deux minutes, j'étais une croqueuse d'homme, là, je suis une femelle aux abois. En tout cas, ce qui est sûr, c'est qu'on peut difficilement compter sur votre loyauté, les coups bas, c'est votre rayon.

— Pas du tout, je suis un fin observateur, je sens les ambiances, je les hume. Mon intuition est une alliée rare dans les moments tendus de négociation et dans le management. Je sens les appréhensions de mon interlocuteur et là, hop, je m'infiltre dans la brèche. J'agis avec intuition, rapidité, propreté, sans bavures.

Un énorme blanc couronne sa tirade.

— Je veux dire… dans le travail, bien sûr.

Valentin est redevenu tout blanc et fixe ses chaussures. Je dois avouer que Sophie avait bien vu.

— Bien sûr, nous avons tous compris, dit Marc, désespéré, qui tente de raccrocher aux branches basses ses candidats en chute libre. Il est évident que ce n'est pas l'un de vous qui a versé du somnifère dans le gobelet de Karl.

— Ce serait mauvais, lui dit Victor Chemouli, vous me donnez à choisir entre un cadavre et trois assassins potentiels.

— Eh bien, c'est peut-être lui-même qui l'a pris.

— Ou alors, vous l'avez versé, je crois que cela vous appartenait, M. Durland, ce qui ne serait pas une bonne nouvelle, je ne veux pas d'un directeur commercial choisi par un assassin. Ce serait comme acheter des fruits à un lépreux.

— Belle image, Victor, c'est charmant, s'insurge Pierre. Dois-je vous rappeler que la lèpre est un fléau qu'il ne tient qu'à nous d'éradiquer. Avec le budget nourriture d'une journée d'un Américain, on pourrait soigner un lépreux pendant un an.

— Pierre, est-ce que si je vous bourre de coups cela créera suffisamment d'énergie pour que vous la fermiez pendant dix secondes ?

— Je ne me laisse pas intimider par les menaces, Victor. Votre violence me conforte dans mon combat. Je vous conseille de changer de ton cela dit, car je pourrais fort bien témoigner de votre agressivité latente.

— Franchement, s'il y a une personne hors de cause ici, c'est bien moi, je ne l'ai même pas vu vivant.

— Avec des personnages de votre acabit, Victor, tout est possible, vous auriez pu craindre qu'il ne prenne votre place.

— Et par quel tour de passe-passe, je vous prie ?

— C'est évident, vous ne parlez pas un mot d'allemand et il aurait pu vous faire de l'ombre, étant donné que trente-cinq pour cent de notre chiffre d'affaires est réalisé en Allemagne.

— Je suis ravi d'apprendre que vous vous intéressez au détail de nos marges, j'aurais cru que les seuls chiffres qui vous concernent sont ceux qui apparaissent au bas de votre fiche de paie.

— Voilà qui témoigne d'une ignorance crasse de ce qui fait ma grandeur et parfois aussi, ma fragilité, dit Pierre Gambert en baissant modestement les yeux. Je milite pour que les droits sociaux soient respectés et que notre croissance ne profite pas qu'aux dividendes des actionnaires et des patrons. Ce n'est que dans un souci de justice que je réclame deux fois par an la revalorisation de mon salaire.

— Le moins qu'on puisse dire, c'est que votre sens de la justice est inaltérable.

— Je fais de mon mieux, réplique dignement Pierre Gambert.

— Comme c'est touchant.

— Personnellement, commence Valentin, je suis tout à fait conscient des objectifs et des difficultés des PME françaises. Un certain esprit de corps et de sacrifice est nécessaire pour mettre entre parenthèses ses prérogatives pour que l'ensemble survive. Il faut savoir prendre le risque de jouer serré et garder la tête froide. Les entreprises sont lourdement taxées, et rester rentable est un parcours du combattant. Il faut en somme être combatif et flexible à la fois. Savez-vous que je joue au rugby, M. Chemouli ?

— Je me contrefous de ce que vous faites le dimanche, monsieur… comment déjà ?

— Valentin Evrard, voici ma carte.

— Pour ma part, déclare Sophie, je…

— Mais faites-les donc taire ! s'écrie Victor Chemouli, excédé. Franchement, ce n'est ni l'heure ni le lieu. Je voudrais juste un peu de calme.

— Oh, soyez rassuré, déclare sombrement Pierre Gambert, du calme, vous en aurez quand nous serons tous en prison.

— Fort bien, tout ce que je demande à ce moment-là, c'est de ne pas être dans la même cellule que vous.

La porte claque et nous nous tournons d'un bloc vers le capitaine Markus qui vient d'entrer.

— Vous anticipez, à ce que je vois, déclare-t-il sans qu'un muscle de son visage ne révèle ses impressions. Vous êtes pressé d'aller en prison, M. Chemouli ?

— À vrai dire, si ça peut me débarrasser de cette bande d'incapables, ce serait un moindre mal.

— Je vous déconseille de faire de l'esprit en des circonstances pareilles, jusqu'à preuve du contraire, vous êtes tous suspectés de meurtre.

— Quoi ?

Un tonnerre de protestations accueille cette assertion.

— Mais enfin, s'écrie Marc Durland, je ne me suis jamais retrouvé seul avec lui avant le drame, nous ne savons même pas précisément ce qui a causé le décès.

— Quel intérêt aurais-je eu à le tuer ?

Ma voix est curieusement nasillarde, j'ai honte de mon ton de pleurnicheuse alors que je voudrais paraître calme et détachée.

— Qu'est-ce que je vous disais ? triomphe Pierre Gambert. C'est une atteinte à la présomption d'innocence.

— Ça suffit, tranche Charles Markus. Écoutez-moi un peu au lieu de vous énerver, on se croirait dans un poulailler.

Je suis assez mortifiée d'être incluse dans cette vision et me mords la langue pour inspirer des images plus flatteuses à Charles Markus. Sur mon échelle de la séduction, il est au moins à 8. Sur 10.

— Nous avons de fortes raisons de penser que du somnifère a été glissé dans le café de Karl Braun. Nous avons réuni tous les éléments qui pourront nous être utiles pour enquêter sur cette mort. Dans l'attente des résultats toxicologiques complets et autres analyses, nous vous laissons sortir. Cependant, pour les besoins de l'enquête, nous vous demandons de rester joignables. Vous êtes priés de vous tenir à notre disposition pour tout éclaircissement. Je vous remercie.

Le corps de Karl Braun est emmené dans un drap blanc et les policiers libèrent progressivement les lieux. Le cabinet, sens dessus dessous, a l'air d'avoir subi un cambriolage.

Marc, hagard, erre comme dans les décombres d'une ville bombardée. Chloé le suit partout, son mascara a coulé mais elle semble tout à son nouveau rôle d'amoureuse.

— Viens, Marco, on va rentrer se mettre au chaud. Ne reste pas là, tu ne feras rien de bon aujourd'hui.

— Oui, dit Marc, je crois que j'en ai assez fait. Où est M. Chemouli ?

— Il est parti.

— Bon. Je crois que je vais y aller alors…

— Oui, viens, je vais m'occuper de toi.

Ils partent ensemble et je reste plantée au milieu du couloir. Personne ne me dit d'aller me mettre au chaud, moi.

— Mademoiselle ?

Je me retourne, une femme incroyablement grande en uniforme me fait face. Elle est blonde avec des sourcils très noirs. Un peu flippant en cette journée chaotique.

— Vous devriez rentrer chez vous, nous allons finir nos investigations sur place.

— Je m'en vais.

Je récupère mon sac à main qui a été fouillé. Mon manteau a été emmené avec les autres comme pièce à conviction. Je me demande bien pourquoi d'ailleurs, on a retrouvé l'arme du crime et son propriétaire. Peut-être pour chercher les traces d'ADN de celui ou celle qui a fait les poches.

J'ai peine à croire que l'un de nous ait fouillé dans les manteaux, trouvé du somnifère et conçu un assassinat, tout ça en accrochant sa pelure. Sur le mode : « Tiens, un somnifère, si je tuais quelqu'un, voyons, celui-là me semble potable pour faire un cadavre. Allons-y, empoisonnons Karl Braun. »

D'ailleurs, un simple somnifère ne tue pas, peut-être que cette personne a eu en même temps la présence d'esprit d'avoir sur elle une bouteille de mort-aux-rats. Le somnifère a-t-il été administré pour endormir Karl avant de l'empoisonner ?

Je ne comprends rien. Cela n'avait aucun sens pour Victor, Marc ou moi d'assassiner Karl.

Restent Valentin, Sophie et Pierre qui auraient eu la possibilité et un mobile pour assaisonner le café d'un cocktail mortel.

Cela n'a aucun sens non plus. On ne tue pas un concurrent pour avoir un job, c'est une technique peu discrète et aléatoire. Comment auraient-ils pu savoir que Karl était le « placement sur pattes » de Marc. Victor est a priori hors de cause, Marc ne l'a pas lâché depuis son arrivée. Il lui aurait tenu la main jusque dans les toilettes s'il avait pu. Du coup, Marc, bien que propriétaire du somnifère, aurait difficilement eu le temps de repérer la tasse de Karl et de l'empoisonner. En plus, Marc perd rarement de vue son intérêt et il était tout excité de sa présentation ce matin. Je le vois mal saboter sa propre mission.

Je me retrouve grelottante dans la rue en ce début décembre. En face de moi, Sophie Legrand est en larmes dans son petit pull en soie par moins deux degrés.

*

— Que faites-vous encore ici, vous ne rentrez pas chez vous ?

Sophie sursaute puis se détend en me reconnaissant. Elle s'essuie les joues avec son mouchoir. Même en pleurs elle reste élégante, et son Kleenex effleure sa joue mouillée sans laisser de traces. Elle n'est pas défaite, elle donne juste une impression assez touchante de fragilité. C'est agaçant. Quand je pleure, je ne suis ni fragile ni touchante, je suis défigurée et larmoyante, aussi je me prive autant que possible de cet exercice en public.

— Je ne sais pas, c'est cette journée, je n'arrive pas à reprendre le dessus…

— Quelqu'un s'occupe de vos enfants ?

— Oui, leur père est passé les prendre à l'école. Je ne sais pas quoi faire, je suis plantée là depuis dix minutes, je crois que c'est tout le choc de la journée qui remonte.

— Venez vous mettre à l'abri, on va se prendre un petit remontant.

Je ne suis pas particulièrement sensible au charme de Sophie Legrand, mais il fait très froid et je n'ai personne d'autre avec qui prendre un verre sur-le-champ. Commander de l'alcool seule en fin d'après-midi me donne la sensation d'être alcoolique, à deux, on aura l'air d'avoir quelque chose à fêter.

Nous entrons dans la brasserie. Les serveurs me reconnaissent et me regardent d'un air gourmand. Ils ont vu les policiers défiler depuis ce matin devant le cabinet Barney Mac Cowles et aimeraient avoir des nouvelles fraîches. Je pousse Sophie vers une table dans le renfoncement pour être tranquilles. Je commande une vodka et elle prend un whisky.

Nous restons silencieuses un moment.

— Alors, on est en cavale ? attaque le serveur avec un clin d'œil en apportant nos verres.

— Oui, et on planifie notre prochain coup, dis-je du tac au tac sur un ton lugubre.

— Bon, je vous laisse reprendre des forces.

Il repart avec un ultime clin d'œil.

— Pourquoi êtes-vous si affectée ?

Ma question lui fait quitter la contemplation des rainures de la table en faux marbre qu'elle suit du bout de l'ongle.

— Je suis plutôt bouleversée, en fait. Ce matin, je quittais ma maison dans l'idée d'aller passer un entretien d'embauche. J'étais assez confiante, et ce soir, me voici suspectée de meurtre.

— Vous n'êtes pas vraiment suspectée personnellement. C'est juste que, tant que l'on n'aura pas expliqué la mort de Karl Braun, nous sommes tous potentiellement impliqués.

— Ça ne vous fait rien, à vous, d'être suspectée ?

— Eh bien, je n'ai rien à me reprocher…

Si ce n'est que c'est quand même moi qui ai amené la cafetière et les gobelets. À ce moment, je n'ai remarqué aucune substance dans le fond du verre, mais mes souvenirs sont plutôt flous.

— Moi non plus, je n'ai rien à me reprocher, c'est juste que c'est troublant d'atterrir au beau milieu d'une telle tragédie. Et puis, bêtement, je ne peux pas m'empêcher de penser que mes chances d'intégrer Portorosier sont compromises. Ça paraît dérisoire mais c'était important pour moi.

— Ce n'était pas non plus très malin, si vous me permettez, d'essayer de vous vendre au-dessus d'un cadavre…

— Je suppose que ça a dû donner cette impression. D'accord, ce n'était pas très fin mais c'était vital pour moi de convaincre M. Chemouli.

— Mais pourquoi ? Vous avez déjà un bon poste.

— Oui, mais je me suis mise dans une situation très inconfortable.

— Ah bon ?

— Oui, ça n'a plus d'importance pour moi de vous le dire maintenant, pouvez-vous garder cela pour vous ?

— Bien sûr.

Sophie a déjà sifflé son whisky, son regard est un peu trouble.

— En fait, je suis victime d'un chantage de la pire espèce. J'ai eu… une aventure au bureau.

— Ah.

Elle baisse pudiquement les yeux.

— Oui, en fait, c'est un collègue. Nous étions en séminaire au Maroc et on avait bu pas mal de champagne. On faisait du team building et nous avions passé la journée à dos de chameau dans le désert. Ou peut-être des dromadaires, je ne sais plus. Toujours est-il que ma bête puait effroyablement. Fabrice m'a proposé d'échanger et c'était très gentil parce que vraiment c'était une infection. Du coup, quand il a été malade le soir, je me suis sentie obligée de rester avec lui à l'hôtel. Alors, de fil en aiguille, vous comprenez… C'était une bêtise, je le savais, d'autant plus que je suis assez attachée à mon mari. Tout ça pour un chameau. Mais vraiment il fallait s'accrocher à la bosse et je ne sais pas où il était allé se rouler, c'était infect…

— Un dromadaire.

— Quoi ?

— Ben, s'il n'avait qu'une seule bosse, c'était un dromadaire.

— Ah oui ?

Sophie est cramponnée à son verre comme à un poteau, elle a maintenant l'air franchement glauque.

— Bon, on est rentrés à Paris et je lui ai dit que c'était une bêtise. Que cela ne devait pas se reproduire. Toujours est-il que lorsque nous nous sommes retrouvés en concurrence pour le poste de responsable export Europe, il m'a menacée de tout révéler à mon mari si je ne lui laissais pas la place.

— Mais c'est illégal.

— Je sais, mais je ne pouvais rien faire. Je tiens à mon mari, comme je vous l'ai dit, et puis il y a les enfants. Il est cadre à la RATE. Il a un nombre incalculable de jours de vacances, de récupération, de RTT. C'est très pratique quand je dois m'absenter. En plus avec son CE, on a beaucoup d'avantages. On est partis en Thaïlande une semaine pour quasiment rien. Ça fait partie de ma vie maintenant, je ne sais pas si je pourrais faire sans…

— Donc, pour éviter de quitter le CE de votre mari, vous avez cédé au chantage ?

— Eh bien, oui, je n'avais pas le choix comme je vous l'ai dit. Un jour, mon patron m'a convoquée pour me proposer la place. Il m'a complimentée sur mon travail, parce que, vous savez, je suis la meilleure. Il m'a présenté cette évolution comme une magnifique opportunité et je ne savais pas comment la refuser sans lui faire insulte et perdre la face. Alors, j'ai paniqué.

— Qu'est-ce que vous avez fait ?

— J'ai dit que je ne pouvais pas prendre le poste. Il insistait, il ne voulait pas me lâcher avant que je lui explique pourquoi je voulais renoncer à une telle promotion. À court, je lui ai dit que j'étais enceinte.

— Enceinte ? Mais vous ne paraissez pas du tout enceinte !

— Je sais, c'est pourquoi il devient urgent que je quitte ma boîte. Là, ça peut passer car je suis censée être enceinte de deux mois, mais ça va bientôt devenir gênant.

— Je vois. Mais pourquoi n'avez-vous pas tout expliqué à votre patron, vous auriez été dans une situation moins intenable quand même, et il aurait pu rester discret.

— C'était impossible, il l'aurait très mal pris.

— Mais pourquoi ?

Sophie a l'air encore plus gênée. Elle regarde le bout de ses escarpins. J'ai peur de saisir.

— Votre patron aussi… ?

— Juste un peu, avoue-t-elle dans un souffle. Ne me jugez pas, c'était un concours de circonstances. On était près de l'imprimante, il était tard, et je…

— Qu'est-ce que c'était encore, votre escarpin était coincé dans la photocopieuse ?

— Non, en fait, je…

— En fait, je préfère ne pas savoir.

— Bon, si vous voulez, vous êtes un peu prude quand même, ça ne vous est jamais arrivé d'être prise dans le feu de la passion ?

— Laissons ma vie amoureuse de côté, voulez-vous, elle est aussi trépidante qu'un banc de morues un dimanche après-midi.

— Oh. À ce point ?

Sophie semble compatir et j'acquiesce en silence. Un étrange phénomène d'évaporation a décimé ma vodka. Face à ses confidences, je me sens aussi décalée qu'à l'âge de onze ans à l'anniversaire de Jessica. Je m'étais présentée en robe à smocks avec des couettes face aux autres invitées qui me regardaient du haut de leurs talons compensés, habillées comme des stars de porno. En plus, comme cadeau, j'avais apporté un tricotin. Un peu l'histoire de toute ma vie, quoi.

— Bon, toujours est-il que, maintenant, il croit que l'enfant est de lui et me supplie de repartir de zéro. Il est urgent pour moi de faire une fausse couche et de quitter au plus vite mon poste. Portorosier m'offrait l'occasion idéale pour me faire la belle.

— En plus, là, à moins d'être vraiment morte de faim, vous ne risquez pas de coucher avec le patron.

— Vous savez, il ne faut jamais sous-estimer le charme de l'expérience…

Nous éclatons d'un rire nerveux.

Un peu gênées de ces confidences, nous nous retrouvons sur le trottoir. Pas du tout réchauffées. Je me souviens des propos de papa : l'alcool ne réchauffe pas, il rend juste insensible au froid, on n'imagine pas le nombre de gens en Russie qui perdent leurs orteils après une cuite. Le compte paraît bon dans mes mocassins.

— Bon courage, rentrez bien.

Je referme la porte du taxi et Sophie s'éloigne dans la voiture avec un sourire niais.

J'ai oublié de lui faire compter ses doigts de pied.

Les rues sont déjà scintillantes de guirlandes de Noël aux motifs abstraits. Le problème depuis que je travaille dans le recrutement, c'est que derrière chaque chose, j'imagine l'équipe qui l'a conçue. Il y a réellement un type dont le métier est designer de guirlandes de Noël, un atelier où des petites mains expertes accrochent les ampoules. Ça doit être un peu comme la maison du Père Noël, là-bas. J'imagine que lorsqu'ils sortent se promener en période de fêtes ils doivent avoir l'impression d'être encore au bureau. Comme si tous les gens que je croise dans le métro me brandissaient leur CV.

Je n'ai pas regardé mon portable depuis ce matin, une éternité.

Il y a un message de Brice à la gourmette. Il me propose un karaoké spécial *Club Dorothée*. J'imagine avec horreur une salle remplie de Brice qui chantent *Candy* et *Capitaine Flam* à tue-tête. Je n'ai jamais compris pourquoi cette génération se complaît dans les bars à biberon, affectionne les nounours pour adulte, et passe son samedi soir à chanter des génériques de dessins animés. Peut-être parce qu'à l'ère des plats surgelés, des centres aérés et des familles déchirées, c'est la seule chose qui sente un peu l'enfance.

Heureusement, moi, j'ai les chars Leclerc.

Je crois que je vais cesser de voir Brice, pas parce qu'il a envie de chanter *Candy* ou de faire des quiz spécial films des années 80, mais parce qu'il ne m'inspire rien.

Chloé a probablement raison, je ne m'intéresse pas assez aux gens, je les classe, les moque sans voir plus loin que leur gourmette. Brice est peut-être quelqu'un d'extraordinaire. Mais je ne vais pas me forcer, qu'est-ce que je peux faire s'il m'ennuie ? Odile me dit toujours que je devrais prendre un marin comme elle. Elle y voit deux raisons nécessaires et suffisantes : tout le monde a l'air classe en uniforme. Je la cite : « Même s'il a du bide, l'œil ne s'y arrête pas, il y a plein de trucs qui brillent sur les épaules, tu vois l'ensemble. »

Deuxième raison : il est toujours plus facile d'admirer quelqu'un que tu ne vois pas six mois par an.

Mais Odile est de fort mauvaise foi, elle regarde son Martin avec des yeux de merlan frit même quand il est en short. Elle dit ça pour épater la galerie et se consoler d'être seule, justement, six mois par an, avec une solde loin d'être revalorisée chaque semestre.

Je me retrouve sans avoir eu conscience du trajet devant la porte de mon studio. Elle me nargue : « Eh oui, c'est ici que tu habites. » Tout est en état. Mon pantalon de pyjama fait un drôle de bonnet à la brique de lait de ce matin. La vision de mon petit décor de petite femme fait dégouliner à l'intérieur de mon ventre toutes les tristesses de la journée. Je fais alors ce que j'aurais dû faire depuis ce matin, je me jette sur mon lit et éclate en sanglots.

*

— T'as trop de chance d'avoir vu un macchab !

Corentin et Célestin me regardent avec envie de dessus leur tiramisu. Je leur souris faiblement. Depuis trois jours que Karl Braun est mort, je passe mon temps à pleurer. Mes parents m'ont ramenée à la maison, cette bulle qui sent le savon et le beurre loin des assassins cyniques et des machines à café. Chez mes parents, on utilise la même cafetière depuis quinze ans. Elle a assisté à tout ce qui fait notre petite histoire douillette, les préparatifs du mariage d'Odile, ses plaintes incessantes lorsqu'elle était enceinte, ma décision d'aller travailler chez Barney Mac Cowles, les leçons d'histoire de mon père et les chahuts des jumeaux.

Ladislav, rentré depuis trois jours, n'est pas loin de partager l'amertume de ces derniers :

— Je pars six mois en mission et je me retrouve à faire du baby-sitting en tirant une grenade à blanc tous les deux jours pour m'empêcher de mourir d'ennui. J'ai eu droit à rien, pas un pet de zébu, et toi, tu recrutes un mec qui vend des ressorts, et tu fais ton baptême du sang.

Ladislav est objectivement dégoûté.

— Oui, mais, reprend Odile avec espoir, ça t'a peut-être laissé du temps pour faire des connaissances, non ?

Ladislav lève un sourcil pensif.

— Ouais, remarque, il y avait ce gars, Voulkov. Un soldat ukrainien. Après trois litres de bière, le bougre était capable de soulever une jeep avec les dents.

Manifestement, les exploits dentaires de Voulkov ne passionnent pas Odile.

— Mais je te parle pas de ça, tu vas pas épouser Voulkov quand même ?

— Mais qui est Voulkov ? demande papa, qui atterrit.

— Un type incroyable, reprend Lad avec animation, capable de…

— On s'en fout des Ukrainiens, le coupe Odile, quand est-ce que tu ramènes une poule ?

— Chérie, intervient maman, j'aimerais autant que tu ne parles pas comme ça des Ukrainiens, c'est un peuple qui a beaucoup souffert. Ils ont une mémoire collective très douloureuse.

Odile la regarde, interdite.

Ma mère s'est lancée dans des études de psychologie il y a trois ans. Elle a déclaré à toute la famille réunie que les réunions Tupperware avaient fait leur temps. Quitte à voir défiler des bonnes femmes neurasthéniques, autant être payée pour. Elle cache son collier de perles sous de longs caftans pourpres pour se noyer dans la masse sur les bancs de la fac. Mon père l'appelle maintenant « Simone de Beauvoir », et il est inutile de lui expliquer que la comparaison est d'un point de vue historique et philosophique fâcheuse, car pour lui Simone de Beauvoir est le prototype de la femme qui pense, quels que soient les fruits de cette méditation.

Il écoute religieusement ses conseils en matière de sciences de l'éducation car il a appris avec horreur que le regard qu'il porte sur sa progéniture pouvait influencer le cours de la vie de celle-ci. C'est comme ça qu'on fait les pines d'huître ou les marioles. Il accueille donc les suggestions de ma mère avec un silence respectueux pour structurer l'ego de ses enfants de façon adéquate.

— Karl était allemand, dis-je d'une voix toute tremblante.

— Qui ont également une mémoire collective complexe, murmure maman d'un ton inspiré. Hum, intéressant.

— Pourquoi, demande Ladislav, ça n'a rien à voir.

— Non, reprend dignement maman, mais ce n'est pas parce qu'une chose n'est pas directement utile qu'elle n'est pas intéressante.

— Alors là, carrément pas, s'exclame Odile, si un truc sert à rien, on s'en tamponne de le savoir.

— Odile ! gronde papa. Ne parle pas comme ça. Une jeune femme comme toi...

— Tu l'as touché, le macchab ? demande Célestin.

— Il était froid ? poursuit Corentin.

— Les garçons, taisez-vous.

Mon père se ronge d'inquiétude et me chouchoute comme une mère juive.

— Parlons d'autre chose, Violaine est toute pâle.

— Je ne trouve pas qu'elle le soit plus que d'habitude, dit maman en me regardant attentivement.

— Mais si, regarde, elle est toute verte.

— Ouais, renchérit Célestin, on dirait un concombre.

— Mais elle est toujours comme ça, insiste maman.

— Bon, ça va ! (Je suis au bord des larmes.) Déjà que je me sens mal, inutile de me dire que je suis moche.

— Mais enfin, chérie, personne n'a insinué ce type de chose, surtout pas moi, voilà qui serait totalement destructeur pour ton ego.

— Mais oui, chérie, miaule Corentin en imitant la voix de maman, les concombres sont des légumes tout à fait ravissants !

Odile pouffe de rire dans son verre de vin et se fait une énorme tache. Elle lâche un chapelet de jurons à faire rougir un tenancier de bagne.

Je triture la mie de pain sur le bord de la table et feuillette les petites annonces de boulot découpées par mes parents.

— Tu as vu, se lance papa, ils cherchent une auxiliaire de vie à la maison Thérèse de l'Enfant Jésus…

— Papa, je n'ai pas de diplôme pour travailler avec des enfants handicapés.

— J'ai vu que l'école de la Visitation recherche une surveillante d'internat qui donne des cours de rattrapage, tu serais bien là-bas.

Autant me tirer une balle tout de suite.

— Papa, je n'ai aucune envie de m'enterrer dans une pension sordide.

— Ce sera moins sordide que de découvrir des morts en arrivant au bureau.

Célestin ouvre de grands yeux :

— Non ? C'est toi qui l'as découvert ? Ce n'est pas juste, t'as trop de chance.

— Célestin, va arroser les plantes dans le jardin, ça te fera prendre l'air.

Il soupire bruyamment et s'en va en traînant les pieds. Ma mère intervient :

— Laisse-la, Jacques, peut-être que d'y retourner lui évitera de fantasmer la scène. Retourner sur les lieux d'une tragédie évite les chocs post-traumatiques.

— Ah bon, eh bien, retournes-y si tu veux mais fais attention à toi.

— Ne t'inquiète pas, papa.

Maman me fait un clin d'œil et me ressert une part de tiramisu.

Plus tard dans le salon, elle m'apporte un petit paquet.

— Tiens, ma chérie, occupe-toi les mains, ça va te permettre de sublimer ton angoisse.

C'est un kit de serviettes de table à broder au point de croix. Des petits vélos rouges, un poussin (ou peut-être est-ce une oie) avec une sorte de bavoir et une petite fille avec des tresses blondes qui fait de la corde à sauter sont représentés sur le modèle.

À tout prendre, je préfère sublimer devant une pinte de bière et c'est aussi l'avis d'Odile qui m'entraîne dans un bar pour prendre part à mon désarroi.

— Tu viens, Lad ?

Ladislav, qui n'a rien de mieux à faire, nous suit avec l'air blasé qu'il affiche la plupart du temps. Mon frère ne sourit que lorsqu'il est ivre. Le reste du temps, il montre une mine stoïque qui lui donne un air énigmatique.

— Oh, oui, viens, Lad, tu vas m'aider à réfléchir, j'ai besoin d'enquêter.

— Bébé, me dit Lad, d'habitude, quand j'interviens, l'enquête est terminée…

*

Ladislav appartient à un régiment d'intervention rapide. Je n'ai jamais compris en quoi cela consiste exactement, si ce n'est qu'il est souvent parti, qu'il ne peut pas toujours dire où il va et encore moins raconter ce qu'il fait. Manifestement, d'après sa mine renfrognée, sa dernière intervention en Afrique n'a pas eu grand-chose de rapide.

Il poursuit une belle carrière de sous-officier après avoir été évincé il y a cinq ans du concours de Saint-Cyr pour raisons psychologiques. Il fut déclaré inapte pour avoir avoué qu'il avait mangé une musaraigne à l'âge de huit ans. Nous avions tous trouvé ce verdict terriblement injuste si l'on juge qu'il s'était empressé d'ajouter avoir trouvé cela très mauvais. Mais la consommation de musaraigne avait semblé à la commission médico-psychologique hautement incompatible avec l'image qu'elle se faisait d'un officier. Nous avions pourtant prévenu Ladislav, il avait bien préparé son entretien. Il avait tout d'abord réussi l'examen haut la main en jurant aux psychologues n'avoir aucun goût pour les armes à feu, mais, emporté par sa verve, il avait parlé de son cousin Vianney et des concours de survie dans le jardin. L'aventure de la musaraigne, citée inopinément, qui faisait toujours son petit effet lors des repas de famille, n'avait nullement impressionné l'expert, qui avait affiché une mine plus que préoccupée.

Sans en concevoir trop de peine, Ladislav s'était tourné vers une carrière moins brillante mais, à ses dires, plus opérationnelle. Sauf ces derniers mois.

À l'annonce du meurtre, il s'est trouvé trop heureux de se déclarer prêt à intervenir si mon intégrité physique était en jeu. Proposition généreuse mais moins en phase avec mes préoccupations actuelles, plus théoriques : comprendre. Sa présence néanmoins me rassure et maintient mon niveau lacrymal à un débit correct. Entourée d'un potentiel intervenant rapide musclé et de ma sœur dont les conjectures hasardeuses en ce qui concerne le meurtre n'ont rien à envier à un film de science-fiction surréaliste, je me sens presque d'attaque pour débusquer le meurtrier de Karl.

— Alors, résume les faits un peu, qu'on y voie clair, qu'est-ce qui s'est passé avec tes dégénérés ?

Au niveau vestimentaire, Odile a opté pour un curieux mélange grunge/grand-mère. Elle porte un jean troué, une chemise avec un improbable col à carreaux vert sapin et un pull qui de toute évidence a été emprunté à son mari. Son apparence ne la travaille pas, et ça a un côté injuste qu'elle soit heureuse en amour avec ses nippes alors que moi qui passe un certain temps devant la glace je suis toujours aussi désespérément seule. Lorsque je lui demande ce qu'elle en pense, Odile élude ma question en m'assurant que j'aurais fait un carton au XVIIe siècle, car selon elle je réponds parfaitement aux critères de beauté de l'époque. En fait, ce qu'elle essaie de dire avec toute la diplomatie dont elle est capable, c'est qu'il y a trois siècles j'étais belle, aujourd'hui, je suis juste blanche et grassouillette.

Je triture mon mouchoir, mon meilleur ami depuis

trois jours, et tente un petit aperçu de la situation à travers la teinte dorée de ma Leffe.

— On était neuf présents, Chloé, Marc, le patron, Victor Chemouli et les quatre candidats. On ne sait pas comment Karl s'est retrouvé avec le somnifère de Marc dans son café, et on ne sait pas comment il s'est retrouvé mort.

Odile me regarde intensément.

— À quoi tu penses ?

— Rien, j'essaie d'avoir l'air inspirée. Il faut voir les choses avec logique, qui aurait eu intérêt à ce qu'il meure ? Qui aurait eu la possibilité de le tuer ?

— En fait, les trois autres avaient de fortes raisons de vouloir le job, Valentin pour être l'homme de Cro-Magnon, si j'ai bien compris, Pierre pour des raisons idéologiques, Sophie pour se sortir d'un sacré bourbier avec ses collègues. Il paraît que Marc a une mère hystérique, donc le policier chargé de l'enquête semblait le soupçonner. Je pense que Victor et Chloé sont hors de cause.

— Et toi aussi, bien sûr, reprend Odile.

Elle me regarde en coin. Son ton est légèrement interrogateur et, l'espace d'un instant, j'ai presque l'impression que ma sœur me soupçonne.

— Non, mais attends, je rêve, tu as l'air d'en douter. Tu ne crois quand même pas que je pourrais tuer quelqu'un, quand même !

— Non, non bien sûr, se défend Odile. Non. Mais tu sais… sans le faire exprès, quoi. Tu sais comment tu es parfois…

Je reste sans voix un moment. Avant de douter à mon tour.

— Mais non, c'est impossible.

— Avais-tu accès aux médicaments ? demande Ladislav, pragmatique.

— Arrêtez, c'est insultant. Je ne savais même pas que le tube existait.

— Alors, ça ne peut pas être toi, conclut-il. Non parce que, sans vouloir te vexer, tu as quand même pris l'anti-rat pour des boules d'homéopathie, une fois.

— Ladislav, j'avais cinq ans… Mais en un sens, tu sais, même sans avoir touché au tube, je me sens responsable ; si je n'avais pas contacté Karl Braun pour ce job, il ne serait jamais venu agoniser sur notre machine à café.

— Et si ma tante en avait deux, on l'appellerait mon oncle, coupe ma sœur. Ce n'est pas toi qui as parfumé son espresso que je sache. Arrête de geindre et bouge-toi pour comprendre.

— Tu en as de belles toi, j'aimerais bien t'y voir. Qu'est-ce que t'en penses, Lad ?

Ladislav, qui n'écoutait plus, sursaute et me demande sérieusement :

— Qu'est-ce qui a été fait pour appréhender les individus ?

— Mais rien, Lad, on sait même pas qui c'est, les individus…

— Alors infiltre-toi…

— Mais où ?

— Si tu connais pas l'ennemi, fais parler la cible. Tâche d'en savoir plus sur ton Allemand.

— Oui, renchérit Odile, quand Eugène a eu ses grosses plaques rouges, je ne suis pas restée à le regarder se gratter, j'ai fait sept pédiatres, chiffre biblique, pour trouver la solution. Une ridicule allergie à la lessive, soit dit en passant. Mais les pédiatres sont tous des marioles.

— Attends, je te parle de meurtre et tu compares avec les éruptions cutanées de ton fils. Ça n'a rien à voir.

— Tu ne peux pas comprendre, dit Odile avec une mine de martyr, tu n'as pas d'enfants.

— Un cadavre me suffit pour le moment.

— Vois-le comme tu veux mais ne reste pas comme ça, cherche, et tu trouveras.

— Comment est-ce que je dois m'y prendre ?

— Eh bien, va à ses obsèques, par exemple, tu devrais en apprendre plus sur sa vie, les gens qui l'entourent.

— Mais je ne sais même pas qui les organise, quand et où.

— Eh, cocotte, c'est ton métier, non, de tout savoir. Cherche sa veuve et fonce.

Odile a raison. J'ai le sentiment d'être coupable sans savoir pourquoi ; la seule façon de me débarrasser de cette impression fort ennuyeuse est de trouver qui a tué mon candidat gagnant. Ladislav ne dit rien, fixe l'horizon et sourit. Son verre est quasiment vide.

*

J'ai trouvé Greta Braun en quelques secondes dans les Pages Blanches. Si tous les Mr Herrington de ce monde étaient aussi faciles à identifier, mon métier ne serait qu'une suite de menues victoires.

— Bonjour, je suis Violaine Letellier, c'est moi qui ai contacté votre ex-mari pour l'entretien du 3 décembre.

J'avais bien répété ma phrase et composé mon discours. Des tas de formules de mauvais goût me venaient à l'esprit pour cette entrée en matière. « C'est moi qui ai contacté votre ex-mari pour l'entretien final » n'allait vraiment pas. « C'est moi qui l'ai mis en relation » laissait entendre que je lui avais donné rancard avec la mort, ce qui était tout aussi sordide. J'ai préféré m'en tenir à la date et me présenter de façon concise.

— Ah d'accord, très bien, fait une belle voix grave.

Ce qu'il y a d'étonnant, c'est que Greta Braun ne semble pas surprise de me trouver au bout du fil.

— Je voulais vous présenter, ainsi qu'à votre fille, toutes mes condoléances. Je me sens affreusement mal de ce qui s'est passé.

— C'est vous qui lui avez donné le somnifère ?

Greta Braun semble juste curieuse.

— Ah, non, ce n'est pas moi. Je l'ai juste contacté pour le poste.

Je réponds le plus naturellement du monde, on dirait un simple papotage autour d'une tasse de thé.

— Ah bon.

Elle a l'air un peu déçue. Je sens que mon appel a perdu de son intérêt.

— Cela ne vous dérange pas que j'assiste aux obsèques ?

— Pas du tout, Anna a besoin de voir que beaucoup de monde aimait son père. C'est faux, bien sûr, Karl était un requin, il était craint. J'ai quand même réuni tous ceux qu'il n'avait pas trop martyrisés. C'est demain, 11 heures, à l'église de Neuilly.

— Y a-t-il quelque chose que je puisse faire pour vous, Mme Braun, je voudrais vraiment vous être utile.

— Vous en avez déjà assez fait…

— Pas tant que ça. Je l'ai juste contacté pour le poste.

— Oui, vous me l'avez déjà dit. Vous n'y êtes pour rien. Enfin, vous ou un autre, ça revient au même. Pour Karl, c'était une question de temps.

— Qu'est-ce que vous dites ?

J'imagine une foule de meurtriers potentiels en file indienne devant Barney Mac Cowles échangeant des politesses : « Ah, vous aussi, vous allez le tuer, après vous, mon cher, poison ? Peut-être me permettrez-vous de le poignarder un peu après ? »

— Il allait y passer. Mais sans l'aide de personne.

Karl ne me donnait pourtant pas vraiment l'impression d'être en phase d'autodestruction.

— Mon ex-mari n'était pas quelqu'un de stable. C'est en partie pour cela que nous avons divorcé. Je ne voulais pas de cela pour ma fille.

— Excusez-moi, Mme Braun, je ne saisis pas, votre mari avait des problèmes ?

— On peut dire cela comme ça, la toxicomanie n'est pas vraiment un signe d'équilibre…

Je serais sûrement tombée de stupeur, ma tasse à la main, si la taille de mon studio avait permis la présence de chaises. Comme je suis déjà assise en tailleur, je me contente de tressauter et, consécutivement, de patauger dans une mare de thé au gingembre. Ce qui aurait pu être aphrodisiaque en d'autres circonstances est ici juste inconfortable.

— Il était drogué ?

Je me lève d'un bond. Les gouttes de thé qui ruissellent de mon pantalon font *ploc ploc* sur le parquet. Karl n'avait pas du tout la panoplie du drogué. Pour moi, les drogués errent dans les rues avec des baskets sales, roulent des yeux inquiétants et se baladent les mains sous leur K-way pour planquer leur dope.

— Oui, depuis l'Allemagne. Vous n'aviez rien remarqué ?

— Mais non, vous savez, je ne l'ai vu qu'une fois.

Je me retiens d'ajouter : « Il avait de si belles chaussures. » Cela sonnerait comme une réplique de psychopathe fétichiste des pieds.

— Ah. De fait, vous ne me surprenez pas, peu de monde le savait. Karl n'était pas du genre à étaler ses crises de manque. C'était une toxicomanie mondaine. Anonyme. Vous savez, il a toujours dit qu'il voulait se tailler un fauteuil à sa mesure. En fin de compte, le fauteuil était trop grand. Karl ne tenait pas le choc. Pas sans l'héroïne. Je l'ai mis à la porte quand Anna a eu cinq ans. À vrai dire, je ne pense pas qu'elle ait vu la différence.

Greta s'arrête un instant. Je murmure encore :

— Je suis désolée.

— Inutile de vous excuser, vous n'étiez pas son dealer. En voilà un qui a perdu un bon client. Enfin, régulièrement, il promettait de se sevrer. Je suppose que c'est chose faite. Mais je ne veux pas dire du mal de Karl. J'ai épuisé le sujet de son vivant. Ne vous tracassez pas outre mesure, vous n'êtes pas responsable de sa mort. Tout au plus êtes-vous le ridicule petit chaînon fatal. Enfin, venez demain, ça sera toujours ça en plus. Pour sa fille.

Parfois, j'aimerais bien ignorer ce qui se passe autour de moi et rester dans ma jolie bulle avec un roman à l'eau de rose et des biscuits à la vanille. Toutefois, je pense que l'on acquiert une certaine habitude du drame. À côté de sa mort, la toxicomanie de Karl n'est qu'un épiphénomène. Après cette semaine, plus grand-chose ne peut m'atteindre. Passé le premier mouvement de surprise, cet élément s'est intégré dans le reste du puzzle avec une facilité déconcertante. Sans vraiment en changer le décor. Il est peu probable que son dealer se soit tapi dans la machine à espresso. Que Karl se drogue ne fait qu'ajouter à mon impression d'avoir émigré depuis une semaine dans une planète étrange peuplée d'extraterrestres incohérents. En épongeant le thé au gingembre, je me demande si, au moins, aller aux funérailles de Karl fera taire mon sentiment de culpabilité.

N'être qu'un chaînon, comme dit Greta, ne me console pas puisque je suis précisément celui qui l'a accroché à la mort. En général, lorsque je tire les ficelles dans ma pile de CV, ce n'est pas une question de vie ou de mort. J'ai toujours la bonne conscience de me dire que la décision appartient aux candidats, qu'ils choisissent en conscience de nous faire entrer dans le cours de leur vie. Mais c'est bien facile. Marc me dit toujours de les faire rêver pour les ferrer. On contacte un pauvre gars dans son open space. Si ça se trouve, on vient de lui sucrer ses primes, son collègue l'exaspère et il fait très mauvais dehors. Je sors mes mots magiques – *autonomie, challenge, rémunération, déplacements ponctuels* –, et le type se voit déjà en train de claquer son fric aux Caraïbes en short. Il vient en courant. C'est déjà trop tard pour lui, il s'est dit que l'herbe est plus verte ailleurs et il ne verra plus jamais de la même façon la tête de Ginette qui se cure les dents en face de lui. Alors, il quittera son poste pour sensiblement la même chose et deux ans après, par une sordide journée de pluie, un de mes confrères le fera rêver. L'exercice de sa liberté a été pour le moins incliné par notre intervention. Généralement, je ne me fais pas de soucis, car ils s'en sortent bien, sont heureux de voir ailleurs ou peuvent se servir de nous pour monnayer leur fidélité à leur hiérarchie. Ma conscience se satisfait amplement de ces raisonnements.

Mais là, il y a un mort.

*

— Allô, Lad ? C'était un camé !

Je parle tout bas pour ne pas attirer l'attention de Marc. Précaution probablement inutile. Le cabinet sous scellés, nous sommes tous entassés dans une sorte de cagibi prêté gracieusement par la concierge de l'immeuble, et Marc parle tellement fort que toute stratégie de chasse est compromise pour le moment.

— Ben, tu vois, Vio, quand tu veux, me répond mon frère. T'as plus qu'à chercher son dealer maintenant.

— Je vais à son enterrement à 11 heures.

— Reçu.

J'entends une sorte de brouhaha au bout du fil.

Ladislav a passé le téléphone à Odile qui me souffle une grosse bouffée de cigarette dans l'écouteur.

— Allô, ma poule ?

— Vous faites quoi ?

— Ben, on joue au poker.

Je regarde ma montre, il est 9 h 30 du matin. J'imagine Eugène en pyjama en train de sucer des mégots de clope sur la table de jeu.

— Je disais à Lad, c'est un camé. Je vais à son enterrement tout à l'heure.

— OK, moi, je parie sur le moche en tout cas, rappelle-toi.

— Mais quel moche, Odile, tu les as même pas vus…

— Prends le plus moche. Lad te dit de le prévenir juste quand il faut casser la gueule à quelqu'un… En attendant, continue, tu fais ça comme un chef.

Je raccroche. Bêtement rassérénée. Il est rassurant de savoir que quelque part dans le monde, à 9 h 30 du matin, mon frère et ma sœur jouent au poker en fumant le cigare. Ne me demandez pas pourquoi…

Peut-être parce que Marc, reparti dans ses tours de prospection, se vante d'avoir conclu de façon très efficace son dernier recrutement.

À 10 h 30, je quitte le bureau avec soulagement pour me rendre à l'église de Neuilly-sur-Seine.

Karl Braun est à présent entre quatre planches de belle facture. Dans l'église glacée de Neuilly, il y a bien cinquante personnes. Greta Braun m'accueille à l'entrée avec une jolie poupée blonde d'environ quatorze ans.

— Bonjour, je suis Anna.

Je me serais probablement effondrée en sanglotant sur Anna si elle avait eu des fossettes et cinq ans de moins. Comme c'est une adolescente qui fait une tête de plus que moi et m'ignore superbement après s'être présentée du bout des lèvres, l'instant perd de sa force dramatique.

— Merci d'être venue, me dit Greta, Karl n'avait plus ses parents, j'ai rassemblé ses amis et ses collègues.

C'est une belle femme posée et élégante. Elle m'indique le banc où m'installer et je m'assois derrière une brochette de cols blancs.

Je tente de suivre les conseils d'Odile et observe les gens autour de moi pour en savoir plus sur Karl.

Je n'apprendrai rien des personnes rassemblées autour du cercueil noir de Karl Braun. Elles semblent plus choquées et ennuyées que tristes.

Il y a beaucoup d'hommes, peu de femmes. J'en remarque une qui s'esquive, avec de grosses lunettes noires, elle quitte l'église à petits pas pressés. Malgré le bonnet et les lunettes, je reconnais sans peine Sophie Legrand.

Qu'est-ce qu'elle fabrique ici ? Elle ne le connaissait pas et semblait plus concernée par le scénario de sa fausse couche que par la mort de Karl. Peut-être était-elle là par pure curiosité, mais dans ce cas pourquoi venir cachée et partir avant même le début du service ?

J'arrête Greta qui remonte l'allée.

— Excusez-moi, connaissez-vous cette femme ?

Greta se retourne vers la silhouette.

— Non, je ne l'ai pas bien vue. Que faites-vous, Mlle Letellier, vous jouez les détectives ?

— Je voudrais juste comprendre ce qui s'est passé, madame. C'est moi qui l'ai découvert et je n'arrive pas à penser à autre chose.

— Vous devriez laisser cela à la police, mademoiselle, vous jouez un drôle de jeu.

— C'est aussi mon avis, fait une voix derrière nous.

Le capitaine Charles Markus est tout près de moi. Mon cœur, cet animal stupide, part au galop avec un boucan incroyable. J'ai l'impression que toute l'église n'entend que ses pulsations irraisonnées. Charles Markus est grand et porte aujourd'hui un pull jaune flamboyant.

Je n'avais jamais réfléchi à l'attrait que peuvent avoir les couleurs vives sur un teint mat, et me voici plongée dans la contemplation simultanée de sa mine bronzée et de son pull poussin. Je n'ai jamais su cacher mes émotions. C'est pour ça qu'au bureau j'aime la barrière du téléphone qui me permet de rester détachée alors que je pose mes tripes sur la table. Je ne sais pas ce que j'inspire à Charles Markus mais lui me fait des chatouilles dans l'estomac.

Pour l'heure, il me regarde sévèrement, et je prends conscience que pour lui je suis juste une suspecte qui vient rôder à l'enterrement de la victime. Je ne sais même pas si je rentre dans son échelle de la séduction.

Comme je ne sais pas faire autre chose, je joue franc-jeu.

— Je sais que ma présence semble bizarre, monsieur, mais je n'arrive pas à croire ce qui est arrivé. C'est moi qui ai contacté Karl Braun mais c'est tout. Je n'ai rien versé dans son verre. Maintenant, ne me regardez pas comme ça, arrêtez-moi tout de suite si c'est ce que vous pensez, passez-moi les menottes et qu'on n'en parle plus, je ne supporte pas la suspicion.

J'ai parlé un peu fort, Charles me considère comme un étrange animal échappé de sa cage.

— Ne soyez pas stupide, Mlle Letellier, et cessez de bramer, nous sommes dans une église.

Mortifiée, je m'assois. Au moment où tout le monde se lève. Je me relève en essayant d'avoir l'air aussi digne que possible.

Charles Markus esquisse un sourire. Je ne peux m'empêcher de lui demander :

— Vous venez à l'enterrement de tous les gens sur lesquels vous enquêtez ?

— Ça dépend, j'essaie d'en savoir plus sur le défunt.

— C'était exactement mon idée.

— Sauf que ce n'est pas légitime dans votre cas, vous n'êtes pas chargée de l'enquête et je pourrais me poser des questions.

— Vous vous en posez ?

— Oui. Mais ne le prenez pas mal, c'est mon métier.

Je déglutis péniblement.

— Ça n'a pas de sens, je viens de vous dire pourquoi j'étais là.

— Taisez-vous, ça commence.

La cérémonie est simple et plutôt lugubre. Très vite, la famille suit le cercueil vers sa dernière destination.

Je n'ai plus rien à faire ici. J'ai quand même vu Sophie Legrand et il faudra que je lui demande ce qu'elle fabriquait ici. Je brûle d'en parler au capitaine Markus, mais je préfère d'abord la voir. Elle agit peut-être avec exactement les mêmes motifs que moi et je ne voudrais pas mettre une future maman même fictive dans l'embarras.

Charles Markus s'approche de moi et me demande :

— Auriez-vous un instant à me consacrer, Mlle Letellier, j'aimerais vous inviter à prendre un café.

Je le regarde béatement. Il faudra que je pense à demander à mon père si les obsèques entrent dans ses statistiques de rencontre.

— Voulez-vous me voir à titre professionnel ou privé ? Dans le premier cas, je vous signale que vous n'avez pas de mandat.

Après tout, il ne faudrait pas que Charles Markus me prenne pour une fille facile…

A priori, il est juste exaspéré :

— Vous dites vraiment n'importe quoi. J'ai besoin de vous parler pour les besoins de l'enquête, vous paraissez vous impliquer dans cette histoire et connaissez chacun des suspects. Je voudrais voir quelques points avec vous et nous serons plus à l'aise pour parler au café qu'au commissariat. Maintenant, si vous êtes psychorigide, je peux obtenir un mandat, comme vous dites, pour vous interroger.

— Non, très bien.

Réplique lamentable. Je le suis en méditant des répliques intelligentes. Juste au cas où.

Nous nous installons dans le café. C'est Neuilly-sur-Seine à midi. À côté de nous, une vieille dame en manteau de fourrure parle à son chien avec un verre de vin blanc. Deux adolescentes de quinze ans affublées de foulards Hermès et de pantalons ultramoulants se racontent leur dernière soirée avec de petites voix fluettes :

— Ouais, j'étais chez Cam avec Fix, il n'y avait pas ses parents. On était défoncés. Jérem a salopé les shoes de Pomme, des Manolo, comme elle était vénèr, on a maté un porno pour se calmer.

Je suis authentiquement choquée, je me tourne vers Charles :

— Moi, à leur âge, je jouais à la chasse au trésor avec mes frères.

— Votre problème, me répond-il, c'est qu'apparemment, à votre âge, vous ne jouez pas à autre chose.

— Oh, excusez-moi, je vais de ce pas acheter un film X et de la coke pour être dans le vent.

— Ma grand-mère disait « dans le vent », et encore, c'était déjà ringard.

Je suis vexée.

— Au juste, vous voulez quoi ? M'arrêter pour usage illicite d'expressions démodées ? Excusez-moi de ne pas trouver sain que deux squelettes ambulants sapés avec le foulard de maman passent leur adolescence à se droguer en matant en groupe des films interdits aux moins de dix-huit ans. L'overdose de bonbons en jouant à *Action ou vérité*, c'était déjà pas mal, non ?

— Je vous taquine, Violaine, détendez-vous. Qu'est-ce que vous prenez ?

J'ai toujours détesté le café des bars. J'ai beau me forcer, c'est amer et ça me fait faire de drôles de grimaces. Maintenant, si je prends une tisane au tilleul, je suppose que je vais encore me ridiculiser.

— Un thé, s'il vous plaît.

Charles commande et me demande sans préambules :

— Parlez-moi donc un peu de vous, Violaine.

— Je croyais que nous nous voyions pour les besoins de l'enquête ?

— Laissez-moi apprécier ce qui relève des besoins de l'enquête, s'il vous plaît.

— Bien. Il n'y a pas grand-chose à dire. Je travaille depuis trois ans chez Barney Mac Cowles, je vis seule à Paris et je rentre chez maman quasiment tous les dimanches. Je sors suffisamment pour ne pas avoir l'impression d'être une autiste et pas assez pour mener une vie trépidante.

— Pourquoi avez-vous choisi ce métier ?

— À vrai dire, je n'ai pas de don particulier, et j'ai suffisamment d'adrénaline et de contacts dans la chasse de têtes pour m'y sentir bien.

Je ne sais pas où il veut en venir mais c'est plutôt agréable, j'ai l'impression d'être interviewée, fait assez rare pour être plaisant.

— En fait, c'est assez amusant comme métier, vous savez, j'y croise toute sorte de gens provenant de milieux extrêmement divers. Ils me racontent un peu leur vie et j'ai la sensation de leur être utile quand je parviens à les placer dans un poste qui les fait évoluer. Ce n'est jamais répétitif puisque nous nous adressons à des entreprises de tous secteurs.

— Nous avons compulsé tous vos dossiers et une question me taraude. Qui est Robert Herrington ?

— Pardon ?

— Oui, j'ai trouvé ces documents qui m'ont un peu interpellé.

Charles Markus sort de sa serviette mon dossier de recherche. Il est orange et je l'ai décoré de dessins de kalachnikovs pour symboliser la difficulté de ma chasse et la petite touche polonaise de Robert Herrington. À l'intérieur, il y a toutes mes notes de recherche. Notamment une grande carte où j'ai dessiné Robert Herrington dans une cible. Je lui ai fait des moustaches comme à un moujik. Je sais que tout ça, c'est la Russie, mais je ne connais rien à la Pologne et il n'est pas impossible que là-bas aussi il y ait des moujiks à moustaches et des kalachnikovs. Autour de la cible, j'ai fait des tas de flèches qui représentent les endroits où il est allé et les personnes qui ont gravité autour de lui, sa mère, Mindy, Olga, son médecin, etc. Je suis assez fière de cette carte.

— Pouvez-vous m'expliquer ?

— Vous expliquer quoi ?

— Eh bien, pardonnez-moi, mais il semble que cette recherche revête un caractère nettement obsessionnel. Surtout avec les petites bombes que vous avez dessinées partout.

Je n'en reviens pas.

— Ce ne sont pas des bombes, ce sont des bulles à idées. Je mets une petite flamme dans un rond quand il faut creuser dans une période ou un contact. En gros, vous me prenez pour une psychopathe ?

Mes canaux lacrymaux sont encore prêts à lâcher la pression.

— Eh bien, c'est un peu troublant, non ?

— Je suis mandatée par une banque pour le trouver et il est très difficile à trouver.

— Quelle banque pour quel poste ?

Il note ma réponse et je n'ai plus du tout l'impression d'être interviewée par un gentil animateur.

— Pourquoi orner vos dossiers de dessins à caractère violent ?

— Mais ce n'est pas violent, c'est une toute petite kalachnikov de rien du tout. Elle est orange en plus, vous avez déjà vu des armes orange, vous ? Quant à la tête dans la cible, c'est pour m'amuser. Je trippe pour être plus motivée dans ma recherche.

— Vous quoi ?

— Je trippe. Ça veut dire : je rêve, je personnalise pour donner un caractère ludique à une recherche fastidieuse. Non, mais, je rêve ! Je dessine des petites moustaches et vous me prenez pour une grave meurtrière en puissance.

De fait, à froid, je dois avouer que Robert Herrington a l'air tout à fait sinistre dans sa cible. Mais c'est parce que je n'ai jamais su dessiner les yeux des personnages, je m'en sors en faisant des petites fentes. Effectivement, il fait un peu agonisant.

— Écoutez, je dessine mal et mon œuvre est plutôt pathétique, mais je ne suis pas peintre. Juste une pauvre fille qui s'imagine être un agent secret pour éviter de s'endormir sur ses annuaires. Vous n'allez quand même pas craindre pour les jours de Robert Herrington sous prétexte que je lui ai fait des moustaches ringardes. C'est pas comme si j'avais mangé une musaraigne !

— Ce que vous mangez ne me regarde pas. Écoutez, Violaine, j'enquête dans le cadre d'un meurtre. La personne qui a agi a pris énormément de risques. Elle est soit aux abois, soit perturbée. Alors ce dessin… Avouez que vous n'aimeriez pas voir votre tête dans une cible.

— Ça dépend qui me cherche.

J'ai répondu du tac au tac et le capitaine me regarde bizarrement.

— Essayez donc d'être sérieuse.

— Très bien, je suppose que cela ne me plairait pas de voir ma tête dans une cible. Mais je suis normalement la seule à avoir accès à ce dossier. Quand j'ai dessiné mes petites mitraillettes, je ne pensais pas devoir en répondre devant la police. Croyez-moi, tout ce que risque Robert Herrington si je le trouve un jour, c'est un poste à cent cinquante mille dollars l'année.

— Je vous crois. Je me dois juste d'avoir une réponse à tout élément… (Charles cherche ses mots en contemplant les moustaches du moujik) tout élément inhabituel… C'est une enquête difficile parce que tout le monde est suspect.

— Je m'en étais aperçue, dis-je en marmonnant entre mes dents.

— Cessez de m'interrompre. Écoutez, Violaine, je prends le risque de vous faire un peu confiance parce que j'ai besoin de vous…

Je suis aussi enchantée qu'étonnée de cette assertion et tente de répondre à ce stupéfiant retour de situation en prenant mon air concentré des grands jours.

— Vous avez besoin de moi ?

— Oui, vous connaissiez chacune des personnes présentes, et si je pars du principe que vous êtes innocente, votre collaboration me serait précieuse pour y voir clair.

— Pourquoi ne vous êtes-vous pas adressé à Marc ?

— Je l'ai fait mais il n'a rien su me dire des candidats ni du déroulement de la matinée. Il était pris par son client et semble uniquement intéressé par les termes contractuels qui lui permettraient de facturer la présentation d'une short list avec un candidat mort.

— Je vois. C'est vrai que je m'intéresse plus aux gens que Marc…

Je me gargarise bêtement. La couleur jaune poussin semble avoir un effet dévastateur sur mes neurones. Charles Markus a un beau regard, un regard de fauve, ou, si vous préférez, de l'idée que je me fais d'un fauve puissant, sauvage et intrépide. En effet, le seul spécimen de fauve que j'aie jamais croisé était un léopard abruti de sédatifs croupissant dans une réserve.

— Il faudrait que vous m'aidiez à reconstituer la personnalité puis les agissements, ce matin-là, de chacun. Saviez-vous que Karl Braun se droguait ?

— Je l'ai appris de son ex-femme hier, je ne m'en serais jamais doutée.

— Il était suivi par un médecin qui lui prescrivait de fortes doses de méthadone, un substitut de l'héroïne. Il est mort étouffé. C'est l'effet combiné de la méthadone et de la benzodiazépine qui a provoqué cet effet à peu près une heure après l'ingestion. On lui a administré un tube entier.

— Ce qui veut dire qu'il a été empoisonné dès son arrivée par sa première tasse de café ?

— Oui. Voyez-vous, ce qui est troublant, c'est que le meurtre n'a pas pu être prémédité, dans la mesure où nous avons toutes les raisons de croire que le somnifère a été trouvé de façon fortuite. Maintenant, si le but était de le tuer, cela signifierait que la personne qui a versé le somnifère savait que Karl prenait de la méthadone et que le cocktail serait mortel. Cela voudrait dire que le meurtrier connaissait Karl Braun et a décidé de l'assassiner en trouvant le somnifère. Ce serait un étrange concours de circonstances et impliquerait une personne qui se sentait immédiatement menacée par la victime. Une autre piste paraît plus probable : celui qui a administré le somnifère voulait simplement endormir Karl Braun et l'a tué par accident.

Prendre un air concentré et intelligent me demande tellement d'efforts que j'ai du mal à penser en même temps. Charles semble se contenter de ma mine préoccupée et poursuit, alors qu'à grand-peine je m'efforce de connecter aux neurones mes terminaisons nerveuses auditives pour donner un sens aux mots qui sortent de sa bouche. Il est sexy.

— Violaine, il faut que je sache si quelqu'un connaissait Karl. Marc Durland, votre assistante et Victor Chemouli semblent hors de cause puisqu'ils étaient dans une autre pièce quand les premiers cafés ont été servis. Il nous reste les trois autres candidats. L'un deux connaissait-il Karl Braun ? Qui était suffisamment aux abois et déséquilibré pour prendre le risque de verser du somnifère dans sa tasse au vu et au su de tout le monde ?

Une idée me traverse tout de même l'esprit. L'esprit humain a des ressources étonnantes.

— Mais, n'avez-vous pas trouvé d'empreintes sur le gobelet ?

Ce n'est pas très original mais c'est toujours une idée… D'ailleurs Charles semble la trouver tout à fait pertinente.

— Oui, d'ailleurs, vous pouvez peut-être m'éclairer sur ce point, toutes les empreintes y compris les vôtres ont été identifiées sur le verre.

Je tente de me souvenir. Nous étions dans la salle d'attente, qui n'a pas été conçue pour être cosy, les chaises y sont alignées. Ce qui fait que mes candidats étaient assis sagement les uns à côté des autres. Pierre Gambert, Valentin Evrard, Sophie Legrand et Karl tout au bout qui ne cessait de se lever pour aller téléphoner. J'étais à côté de Pierre, encombrée par mon plateau, et mes candidats se sont fait passer les tasses à grand renfort de *merci, pardon, s'il vous plaît.*

— Charmant, grince Charles Markus quand je lui décris cette popote.

— Oh, pardon, la prochaine fois je stipulerai que toute personne n'ayant pas l'intention de verser du somnifère est tenue de mettre des moufles. J'ai laissé la cafetière préalablement remplie d'espresso dans la machine et ils se sont servis tout seuls.

— Quelqu'un a-t-il fait le service pour tout le monde ?

— Je ne sais pas, j'étais déjà partie.

— Je vais revoir ce point avec les autres. En attendant, j'ai quelque chose à vous demander. Il est probable que votre collègue soit hors de cause compte tenu de sa présence avec Victor Chemouli. Mais c'est un véritable manège, votre affaire. Il est sorti plusieurs fois prendre du café pour son client et saluer les candidats. Je n'arrive pas à confirmer ses dires et Chloé Belloux s'est montrée extrêmement récalcitrante à chacune de nos interrogations. Un mur.

Sacrée Chloé.

— Quant à Victor Chemouli, il affirme ne se souvenir de rien, il était plongé dans les candidatures. J'ai besoin pour écarter définitivement Marc Durland et me concentrer sur les autres de savoir exactement combien de fois il est sorti. N'oublions pas que le somnifère lui appartenait. Il affirme qu'il était destiné à sa mère. Nous avons validé cela avec le médecin qui s'occupe d'elle, mais je veux être sûr qu'il est plausible que Marc Durland se balade à 8 heures du matin avec un somnifère très puissant destiné à sa maman. J'ai besoin de vous pour en parler avec Mlle Belloux et savoir s'il aurait eu la possibilité de droguer Karl et s'il s'occupe régulièrement de sa mère.

— Mais lui avait tout intérêt à ce que Karl vive.

— Je sais mais je me dois de valider son emploi du temps et son comportement. Je sais qu'il est plutôt intime avec Chloé Belloux. Essayez donc de parler avec elle pour voir s'il était dans son état normal avant l'entretien.

— Je ne suis pas spécialement en bons termes avec elle en ce moment, cela ne va pas être facile.

— Pourquoi ?

— Elle pense que j'ai des vues sur Marc.

— Et c'est le cas ?

J'ai envie de faire la coquette mais je suis incapable d'assumer un penchant même fictif pour Marc. Je réponds sobrement :

— Non, vraiment pas.

— Bon, je suis sûr que vous vous en sortirez très bien. Acceptez-vous de collaborer avec nous ?

— Bien sûr.

Je vais quand même garder pour moi l'histoire de la dame blonde aux lunettes noires. Je vais vérifier mes pistes jusqu'au bout avant de les divulguer, je vais d'abord lui parler. Disons que ce n'est qu'un mensonge par omission… Charles Markus semble satisfait, pas surpris. Ce qui m'énerve un peu, car il avait probablement déjà sa réponse avant de poser la question. Me trouve-t-il prévisible ?

— Vous vous attendiez à me trouver ici ?

— Oui, mais je ne suis pas devin, j'ai moi aussi appelé Greta Braun hier.

Charles Markus pose une petite carte devant moi.

— Appelez-moi quand vous aurez du nouveau…

C'est malgré tout très excitant. J'ai toujours rêvé d'être utile à un autre niveau que la consultation de CV. Je ne peux m'empêcher de lui demander :

— Pourquoi me faites-vous confiance au juste, malgré mes empreintes et mes dossiers bizarres ?

Charles Markus me sourit franchement en mettant son manteau. Un sourire un peu trop amical à mon goût.

— J'ai cru comprendre que vous étiez un bon petit soldat, Violaine.

*

— Tu es sûre que c'était elle ? insiste Ladislav, pas vraiment convaincu.

L'ancienne Violaine se serait sûrement vexée d'un doute aussi peu déguisé à l'égard de ses talents d'enquêtrice. Mais la nouvelle Violaine que je suis, celle choisie personnellement par Charles Markus comme détective, se contente de hocher la tête calmement. Je persiste : malgré ses dénégations au téléphone lorsque je lui ai posé la question, je suis quasiment sûre que c'était Sophie Legrand, la blonde de l'enterrement.

— Non, parce que, si je peux me permettre, me dit Lad, tu n'es pas vraiment réputée pour tes talents de physionomiste…

C'est un coup bas. Ladislav et Odile me regardent avec un demi-sourire. Un demi-sourire cruel. Tout ça parce qu'à deux ans et demi, troublée par l'uniforme, j'avais couru dans les bras d'un caporal-chef femme lors d'un défilé en criant « papa ». Ce qui avait valu les plaisanteries les plus osées qu'avaient connues en dix ans les cafés des dames du régiment.

— Elle était pas juste vaguement habillée comme elle ? susurre Odile.

— Oh, ça va. Je prends perpette pour un truc que j'ai fait il y a plus de vingt ans.

— Encore heureux que c'était il y a vingt ans,

s'exclame Ladislav, j'espère qu'aujourd'hui tu disposes d'autres moyens mnémotechniques pour reconnaître ton père.

Je lance un regard noir à mon frère qui pioche dans son assiette de frites. Il nous a royalement invitées au restaurant, et moi qui n'ai ni enfants ni mission d'intervention rapide je me sens assez importante pour une fois, avec mon cadavre, mon capitaine et ma mythomane.

— En attendant, c'est moi qui enquête alors que vous, qui étiez terriblement plus intelligents que moi à deux ans, passez vos journées à jouer aux cartes.

— Bébé, tu n'as aucune idée de la façon dont j'occupe mes journées habituellement, rétorque Ladislav d'une voix suave.

— C'est clair, ma poule, quand t'auras des enfants, je te parie que tu sauras même plus comment on joue aux cartes…

— Trop gentil, merci, Odile. Bon mais maintenant, si vous voulez bien vous rendre un peu utiles, je fais quoi moi avec Sophie, je la livre ou pas ?

— Eh ben, ça dépend de ton degré de certitude dans l'identification de ladite Sophie, tu m'as pas l'air super claire, déjà.

— Oui. Je vais me concentrer sur ma mission, dis-je d'un ton important.

— Qui est ? s'enquiert Odile en se roulant une cigarette aussi épaisse qu'un barreau de chaise de mafieux.

— Soutirer des renseignements à Chloé.

— D'ailleurs, tiens, au fait, elle est célibataire, ta Chloé, elle ne serait pas bien pour Lad ?

— Je ne pense pas qu'elle soit sensible au charme de l'uniforme, dis-je pensivement. En plus, elle est avec Marc maintenant, et le pire c'est qu'elle croit que je l'aime.

— Elle te prend pour une lesbienne ? fait Ladislav, dubitatif.

— Mais non pas elle, Marc.

— Marc est une lesbienne ?

— Mais tu ne comprends rien. Odile, explique-lui, toi, il me fatigue.

— OK, poursuit Odile, regarde, Marc sort avec Chloé et cette grognasse pense que Violaine le kiffe. Tu saisis ?

Ladislav regarde Odile un moment.

— Tu parles tout le temps comme ça ou tu te forces juste pour nous ?

— Non, fait Odile toute fière, tout le temps. Parfois, je répète, mais la plupart du temps ça sort tout seul.

— Et ton mari, ça ne le dérange pas ?

— Ce ne sont pas tes affaires, le reprend Odile sèchement.

— Alors, tu vois, maintenant, tu fais la grande dame, c'est bien la peine de te la jouer.

— Mais non, pas du tout, se défend ma sœur. Je voulais dire, occupe-toi de tes miches, c'est tout.

Ladislav la regarde d'un air moqueur et je pourrais faire un décompte du moment où ils vont commencer à se taper dessus.

— Je te dis que je fais pas la grande dame, bordel.

— Ouais, c'est ça.

Même pas la peine de compter.

Après cela, Odile a passé le reste du dîner à prouver à Lad qu'elle était infréquentable en alignant le maximum d'horreurs. Elle a pensé atteindre le comble de la subversion en entonnant *L'Internationale*, et nous avons fini le repas, rouges de honte tous les trois pour des raisons différentes : elle parce qu'elle chantait faux, Lad parce que c'était *L'Internationale* et moi parce que je ne voulais pas qu'on me voie avec eux.

En rentrant chez moi ce soir-là, je me sens différente.

Je suis une justicière. Je me regarde dans la glace et me console en me disant que si les justicières étaient trop belles, elles se feraient repérer.

Comme il n'est que 22 h 30 et que je n'ai plus la télé depuis que j'ai renversé mon déshumidificateur dedans, je décide de commencer tout de suite mon enquête.

J'allume mon ordinateur portable et commence mes investigations par cette épineuse question : Y a-t-il une Mme Markus ? Mes super logiciels de chasseur de têtes me permettent de rechercher tous les Markus de France inscrits sur leur annuaire d'école et tous ceux qui ont mis leur CV en ligne.

En partant du principe que Charles n'est ni pédophile, ni nécrophile (il est policier, quand même), je sélectionne sept Mme Markus entre vingt et quarante ans. J'enlève celles qui ont marqué sur leur CV « célibataire », il m'en reste trois. Rosalie, comptable à Cagnes-sur-Mer, Laurence, analyste financier à Lille et Patricia, infirmière. Cette dernière est particulièrement inquiétante. Elle habite à Paris et a une bonne tête d'infirmière-gentille-qui-fait-en-plus-les-massages. Et elle est blonde.

J'élabore un scénario de chasse plutôt simple et efficace. Je l'appelle :

— Allô, bonjour, êtes-vous mariée à quelqu'un qui s'appelle Marc ?

— Non, répond la fille avec sa voix de gentille-infirmière.

Je lui raccroche au nez et jubile.

Sauf qu'il n'est pas impossible qu'il existe une Mme Markus n'ayant pas mis son CV sur Cadremploi. C'est contrariant. Il faudra peut-être que je songe à apprendre les massages.

Le cabinet Barney Mac Cowles a retrouvé son faciès habituel. L'open space a été remis en place et Marc recommence sa prospection. Il a un certain courage, je dois avouer que sa faculté à se concentrer sur le business a quelque chose d'étonnant, son envie de réussir dresse entre lui et le monde une barrière opaque contre laquelle se brise toute tentative d'intrusion qui ne concerne pas directement son chiffre d'affaires. Karl Braun est un dommage collatéral fâcheux, désagréable, mais vite éliminé. La tragédie n'a pas sa place dans le cours de ses journées. Le cliquètement des touches, le bip de son téléphone et la saveur du *bo bun* chinois de son déjeuner comblent son temps et son imaginaire. Marc n'est pas sans cœur, il l'a simplement posé à côté de lui, sur sa table de travail, pour le récupérer quelques heures avant de se coucher, là où une seule personne peut avoir la primeur de ses confidences et états d'âme. Chloé.

Entre deux soupirs, elle coule un regard vers lui. Son petit visage est chiffonné. Elle se concentre avec peine sur les factures à envoyer.

Nous sommes seuls, pas de candidats aujourd'hui. Heureusement pour nous, cela n'a rien à voir avec l'affaire Portorosier. Personne n'avait intérêt à ébruiter l'affaire, nous avons su garder pour nous l'histoire de la short list meurtrière. Tristan est très affecté de ce qui s'est passé. Il est de plus en plus souvent absent. Qu'une mort suspecte soit advenue dans son cabinet le laisse horrifié et perplexe. Il nous a annoncé qu'il allait composer en alexandrins une épopée élégiaque pour rendre hommage à Karl, victime de son siècle et de son ambition. Cela lui permet d'oublier qu'un meurtrier potentiel se balade dans la nature, peut-être même entre ces quatre murs.

J'étudie la liste d'un séminaire sur l'amitié italo-polonaise qui a eu lieu à Londres il y a trois semaines, mais pas de traces de Mr Herrington. Dans ce contexte, je commence à craindre de le retrouver sous un pont ou à la morgue.

Pour échapper aux pensées noires qui m'embrument l'esprit, je me concentre sur mon autre mission. Me réconcilier avec Chloé et tenter d'en savoir plus sur Marc.

Je lui envoie un mail :

Tu veux déjeuner avec moi ? ☺

Le smiley est un symbole très pratique, là, il est censé exprimer ma bonne volonté et mon envie de manger un sandwich en face d'elle. Je compte aussi sur l'imagination de Chloé pour y lire ce qu'elle a envie d'entendre. Peut-être prendra-t-elle cela pour des excuses.

Pas le temps.

Réponse laconique. Ce n'est pas très bien parti mais je ne perds pas espoir. Au fond, Chloé n'est ni rancunière, ni méchante. Je lui réponds :

S'il te plaît, juste 5 minutes, ça me ferait très plaisir de déjeuner avec toi. ☺☺

Chloé succombe aux deux smileys. La réponse ne tarde pas :

OK, juste pas longtemps.

Je prends mon manteau et Chloé m'imite.

— Marc, dit-elle avec une petite voix timide que je ne lui connais pas, on va déjeuner, tu veux venir ?

Mince, je n'avais pas prévu cela du tout. Je n'ai pas encore intégré les nouvelles règles de vie au bureau avec moi dans le rôle de la chandelle. Heureusement, Marc non plus. Il relève à peine la tête.

— Non, merci, je vais manger sur place, je n'ai pas le temps.

— Comme tu veux.

Chloé piétine quelques instants en le regardant, puis me suit à l'extérieur.

Nous nous installons dans un restaurant grec et attendons nos kebabs. J'attaque sans attendre. Honnêtement, j'apprécie Chloé pour son dévouement et sa fraîcheur, nous avons partagé pas mal de coups de gueule et de fous rires. Je n'ai pas envie d'être dans le camp des méchants, je veux revenir au bon vieux temps. Se moquer de Tristan et Marc, analyser les conséquences du climat sur son métabolisme, faire le compte des gens bêtes, ah, les gens, alors, ce sont tous les mêmes. Je ne demande pas la lune, juste échanger des petites confidences de filles paranoïaques et neurasthéniques.

— Écoute, Chloé, je suis vraiment contente pour toi et Marc, crois-moi. Je n'ai jamais eu de vues sur lui bien que je le trouve très bien. Tu sais, si vous êtes bien ensemble, ça me va cent pour cent, tu le mérites bien.

Ma tirade n'a pas vraiment l'effet escompté, Chloé a le regard perdu dans le vague et m'écoute à moitié.

— C'est gentil, Violaine.

Je commence à me sentir vexée.

— Mais pourquoi tu me fais la tête, je ne t'ai rien fait, que je sache.

— Violaine, tu n'es pas le centre du monde. Je ne pense même pas à toi.

Je suis définitivement vexée. Elle se reprend :

— Ne m'en veux pas, j'ai juste la tête ailleurs en ce moment.

— Tu es préoccupée ?

— Si on veut. Ça m'a drôlement chamboulée, cette histoire, et cet horrible policier qui n'arrête pas de nous poser des questions…

— C'est normal, c'est un policier… il faut bien qu'il enquête.

— Oh, toi, c'est normal, de toute façon, il aura beau abuser, tant que c'est la police, tu t'écrases. Chez Violaine, c'est travail, famille, patrie.

— Mais ça n'a rien à voir.

Chloé a la fâcheuse habitude de mettre dans le même sac tout ce qu'elle perçoit comme une oppression. Elle a vu trop de films sur la Résistance et lit en boucle *La Bicyclette bleue*. Elle m'a déjà traitée de fasciste le jour où j'ai proposé que chacun se serve exclusivement de sa poubelle. J'en avais assez d'avoir vue sur les cornichons de son Big Mac de la veille.

J'aimerais bien lui dire que ma défense est moins due à mes opinions nazies qu'au pouvoir hypnotisant d'une voix grave sur fond de couleurs bonbon, mais ce serait compromettre dangereusement ma mission.

— Chloé, je m'inquiète pour toi, tu parais très

atteinte par cette histoire, est-ce que je peux faire quelque chose pour t'aider ?

— Non, ça va. Tu sais, je n'avais jamais vu de morts. C'est terrible.

— Je sais, moi aussi cela m'empêche de dormir. J'espère qu'il n'a pas souffert.

— Je suis sûre que c'est le maigre qui a fait ça.

— Qui, Valentin ? Pourquoi ?

— Il a une tête de sadique.

Je ne sais pas à quel capitaine SS son imaginaire lui fait identifier Valentin. Moi, il me semblait plus pitoyable que dangereux avec son ego ratatiné, comme aurait dit maman.

— Je ne sais pas, c'est plutôt un bon petit père de famille.

— Ce sont les pires, m'assure avec force Chloé.

J'y suis. Goebbels…

— Tu as vu quelque chose qui t'a interpellée ?

— Je ne sais pas, je n'aime pas sa tronche. Il n'arrêtait pas de regarder partout, on aurait dit une fouine.

Je pourrais la traiter de raciste anti-fouine mais elle n'a pas l'air de plaisanter.

Elle reprend :

— Je te jure, avant l'entretien, je suis allée allumer la radio pour les candidats et il se tortillait sur sa chaise, tout nerveux, il regardait les autres avec un air bizarre.

— Tu en as parlé à la police ?

Chloé ouvre des yeux ronds :

— Tu me prends pour une collabo ?

Je laisse tomber et oriente la conversation vers ce qui m'intéresse :

— Et Marc, comment il prend la chose ?

— Pourquoi tu me demandes ça ? me dit-elle d'un ton soupçonneux.

— Comme ça, je me fais du souci pour lui, il se

conduit comme si rien ne s'était passé, il ne laisse rien voir…

— C'est parce qu'il est courageux. Il cache ses émotions. Tu le connais mal, s'il travaille tant, c'est pour réussir. Il s'est fait tout seul. Sa maman est femme de ménage et son papa est parti quand il était tout petit. Elle est très malade et a dû être internée plusieurs fois. Il s'occupe d'elle, tu verrais ça, c'est impressionnant. C'est lui qui paye son loyer et qui prend en charge tous ses soins. C'est pour ça qu'il est stressé quand il ne ramène pas de missions. Ce n'est pas comme Tristan qui a une grosse fortune personnelle. Marc, c'est un vrai bosseur. Quand je pense à ce policier qui le soupçonnait. De toute façon, c'est clair, j'étais tout le temps avec lui ce matin-là, personne ne pourra lui mettre sur le dos. Tout ça à cause de sa mère, c'est le Moyen Âge, leur enquête…

— Il dit qu'elle a des penchants violents, c'est vrai ?

— C'est n'importe quoi. Une fois, elle n'a pas pris son traitement et elle a un peu déliré.

— Qu'est-ce qu'elle a fait ?

— Marc m'a dit qu'elle a frappé des passants avec son parapluie. Elle pensait qu'ils voulaient lui voler son cabas. La police en a fait toute une histoire sous prétexte qu'elle a légèrement égratigné une bourgeoise du 16e. Cette espèce de conne a demandé des dommages et intérêts, elle n'avait rien d'autre à faire de ses journées.

— Les somnifères, c'était pour la mère de Marc ?

— Oui. Je te dis, il s'occupe tout le temps d'elle. Il était passé à la pharmacie avant de venir au bureau. C'est vraiment un mec super. Quand je pense que ça fait des mois que je bosse en face de lui sans l'avoir remarqué… Je croyais qu'il me méprisait mais en fait pas du tout. Il m'a dit que je lui avais tout de suite plu, tu te rends compte ? Il était encore avec l'autre, mais déjà, il pensait à moi. C'était vraiment une fille superficielle, elle, pour le coup. Elle l'a quitté parce qu'elle ne supportait plus sa mère, le temps qu'il passait avec elle et tout et tout. Moi, je trouve ça magnifique d'être aussi dévoué. Il ne pense jamais à lui, il est tellement attentionné.

— Et sa mère, elle est comment ?

— Ben, tu la verrais, elle est toute gentille avec sa robe de chambre. Quand elle prend ses médicaments, elle est presque normale. L'autre fois, on a joué ensemble à *Question pour un champion* et elle était trop mignonne, même si à la fin elle me prenait pour Julien Lepers.

Elle éclate de rire. Un vrai rire avec de la joie plein les dents. C'est beau et ça pince un peu en même temps. Comment n'ai-je jamais su voir ce qui se cachait derrière l'ambition de Marc ? Une perle ! En costume avec BlackBerry…

— Je suis contente pour vous.

— Tu sais, je me sens toute légère depuis que je m'occupe d'elle avec lui. Moi, ma mère, je ne l'ai jamais intéressée, elle m'a même dit que, si j'étais à refaire, elle hésiterait. Avec eux, je me sens bien.

Je me targue d'avoir le sens de l'honneur et de la repartie. Ce n'est apparemment pas suffisant pour aimer. Chloé voit un conte de Noël où moi je ne sais regarder qu'une vieille dame pas claire et son fiston accroché à son portable.

— Bon, eh bien, tu as de la chance, moi, maintenant si je veux découvrir l'amour qui se cache depuis des mois sous mes yeux, il ne me reste plus que Tristan, bonjour l'angoisse.

Chloé rit de bon cœur et nous rentrons ensemble.

Mon portable sonne et je reconnais le numéro de Charles Markus. Je lui ai mis la sonnerie de *Chapeau melon et bottes de cuir*. Oui, je me prends un peu pour Emma Peel, en moins british bien sûr. Je m'isole.

— Bonjour Violaine, vous avez du nouveau ?

— Non, rien du côté de Marc, il semble avoir tout du parfait fils dévoué. Par contre, Chloé a noté que Valentin était très nerveux avant l'entretien, il lui semblait bizarrement agité.

— Ah oui ? Nous verrons cela un peu plus tard. Pour l'heure, j'aurais besoin de votre concours. Nous avons placé Pierre Gambert en garde à vue. Nous avons retrouvé des éléments troublants dans son dossier. Pouvez-vous venir, je sais que vous avez un peu parlé avec lui. J'aimerais confronter votre version des faits à la sienne…

Pierre Gambert ? Qu'est-ce qu'il a bien pu faire ? Dévaster un champ de patates transgéniques ?

Je prends note du lieu de l'interrogatoire et improvise une migraine foudroyante.

Chloé accueille mon départ avec un clin d'œil, elle doit penser que je vais à un rendez-vous galant, ragaillardie par le récit de sa romance.

Marc me laisse partir d'un signe de la main. Je n'avais pas grand-chose à faire, je lui serai plus utile quand il aura rentré une nouvelle mission.

Par le froid sec de décembre, enveloppée dans une grande écharpe noire, je me presse sur les trottoirs illuminés rejoindre Charles Markus.

*

Charles Markus m'attend devant le commissariat, il fume une cigarette. Je ne pensais pas qu'il fumait et cela me fait plaisir. Non que j'éprouve une tendresse particulière à l'égard de la nicotine, mais cela lui donne un mauvais genre qui me donne envie d'être la fiancée du bad boy.

J'avance vers lui et il paraît légèrement surpris :

— Déjà là ?

En fait il ne m'attendait pas, il fumait juste une cigarette. Je suis un peu essoufflée.

— Bonjour, Violaine, vous arrivez vite.

— C'est vous qui m'avez appelée, non ?

Je suis sur la défensive, comme si je venais le draguer sans invitation.

— Oui, ne vous énervez pas, c'est un compliment. Vous êtes bien à l'heure.

Je suppose qu'il y a un début à tout, mais à choisir ce n'est pas précisément ma ponctualité que j'aurais souhaité faire remarquer à Charles.

— Alors, qu'a donné votre petite enquête interne ? me demande-t-il.

— Comme je vous le disais au téléphone, c'est très peu probable que Marc soit impliqué. S'il paraît un peu déconnecté parfois, c'est parce qu'il est branché sur son travail. C'est quelqu'un d'ambitieux mais pas seulement. Il entretient totalement sa mère qui est malade. Ce n'est pas un alibi, c'est une réalité. Chloé me l'a confirmé. De plus, il semblerait que lui et elle ne se soient pas quittés durant les heures qui ont précédé le meurtre. Il est hors de cause.

— Ça me paraît clair.

— Par contre, Valentin avait l'air nerveux et impatient. Chloé m'a dit qu'il lui avait donné le sentiment d'être aux abois.

— Nous avons enquêté sur Valentin Evrard. Il n'a pas de casier, aucun fait troublant dans son passé. Sa femme nous a dit qu'il était un peu déprimé ces derniers temps mais c'est à imputer à sa longue période de chômage. Il était également assez nerveux quand nous l'avons interrogé mais ce sont peut-être les circonstances. Rien à relever de suspect dans ses réponses. Quand nous lui avons demandé s'il se sentait menacé par la présence de Karl, il est resté assez serein. Pour lui, Karl n'avait aucune chance d'être pris. Valentin le trouvait arrogant mais n'a pas montré de haine particulière à son égard.

— Pourquoi avez-vous besoin de moi ?

— Nous avons retrouvé Pierre Gambert dans un dossier pas très reluisant. Il y a un peu plus d'un an, il a participé à une sorte de raid avec un groupuscule issu de la branche dure de la CGT. Ils ont fait irruption pendant le comité de direction de Teslé, le géant de l'agroalimentaire. Ils s'apprêtaient à voter la délocalisation d'une usine située en Normandie. Le commando a jeté des bombes lacrymogènes et balancé les dossiers par la fenêtre, une plainte a été déposée et Pierre Gambert a écopé d'une peine de six mois de prison avec sursis. Il a dû payer des dommages et intérêts à un membre du conseil d'administration : sous l'effet des gaz, ses lentilles s'étaient collées à ses pupilles. Il semblerait que Pierre Gambert soit plus qu'un gentil syndicaliste, d'après ce que m'ont dit ses collègues, son discours se durcissait ces derniers mois, consécutivement au départ de sa compagne pour la Russie. Il n'excluait pas des actions radicales et « coup de poing », selon ses termes, pour stopper « le règne des patrons bandits et de leurs parachutes dorés ». Vous comprendrez que ce sont là ses mots. Lorsque vous avez discuté, avez-vous ressenti cela ?

— Pas durant le premier entretien. Pierre Gambert nous a semblé même un peu terne. Il ne s'est pas attardé sur ses engagements politiques et a mis en avant sa longue expérience du métier, du produit, ainsi que sa connaissance de l'entreprise et des salariés.

— Et après ?

— En fait, juste après votre arrivée sur les lieux le 3 décembre, nous avons un peu parlé et il m'a fait un peu partager sa vision des choses.

— Ne tournez pas autour du pot, qu'est-ce qu'il vous a dit exactement ? A-t-il fait allusion à Karl Braun ?

Je réfléchis un instant. Je n'ai pas envie d'accabler Pierre. Je ne peux pas l'imaginer verser du somnifère dans le verre de Karl. Saboter les entretiens, pourquoi pas, mais viser quelqu'un sans le revendiquer ne ressemble pas à sa ferveur militante.

Charles Markus s'impatiente.

— Violaine ?

— Il m'a dit qu'il tenait beaucoup à ce poste, qu'il ne voulait pas abandonner ses employés aux mains de personnes sans scrupule. Il se montre très paternaliste envers les salariés, qu'il ne veut pas laisser à la merci de boursicoteurs cupides. Il veut faire évoluer les gens, montrer qu'un chef peut être humain. Il est effectivement très convaincu de ses idées.

J'ai l'impression de rédiger en live un dossier de candidature. Un dossier un peu trash quand même. On est loin du CV anonyme.

— Vous a-t-il parlé de Karl ?

— En fait, oui, il l'avait entendu parler au téléphone à un client et à sa secrétaire, il était outré de ses manières. Il a dit que…

— Quoi ?

— Que sa mort n'était pas une grande perte pour l'humanité.

Nous nous taisons un instant. Je suis un peu triste pour Pierre. Ce n'est pas si drôle que cela de collaborer avec la police. Si ce n'était pas Charles Markus, je partirais en courant.

— Allez, venez.

Il m'effleure le bras et me fait signe d'entrer.

Bon, je peux bien faire un petit effort…

*

Je suis installée à côté d'un homme qui enregistre la déposition de Pierre. On se croirait dans un studio d'enregistrement avec la baie vitrée qui me sépare de Pierre. Sauf que les murs sont tout délabrés et que, bien sûr, personne ne chante. Je me sens triste.

Je pense à maman pour me donner du courage. Elle est passée hier soir me voir avec Odile pour m'apporter une part de quiche et, je la cite, « prendre la température de mes humeurs ».

Elle nous a bien fait rire en dressant le portrait psychologique des suspects. Elle émaille ses analyses de termes culinaires et d'appréciations que Freud aurait trouvées fantaisistes :

« Franchement ma chérie, il me semble clair qu'à leur façon, tes candidats ont tous des ego atrophiés, tranchés. Ta Sophie, il est évident que la prédominance de son côté oral la porte à engloutir, avaler le monde, elle n'a jamais intégré l'interdit, son œdipe est clairement mal réglé. Je ne pense pas qu'elle soit une meurtrière car elle fuit le conflit, déteste la confrontation. La preuve, elle préfère mentir plutôt que d'avouer que c'est une couille de loup. L'autre, le mariole de la CGT, est de toute évidence parsemé de résurgences phalliques. Il n'assume pas sa volonté de puissance mais elle dégouline dans ses engagements militants. Il pourrait tuer s'il se sentait menacé, mais il faudrait pour cela que son délire schizoïde ait incorporé la réalité. Quant au dernier, l'autre pine d'huître, je ne parviens pas bien à comprendre son être. Manifestement, son ego est aussi raplapla qu'un soufflé raté. Ceux-là sont les plus dangereux, mais il faudrait, pour être sûr, que j'analyse les mécanismes de défense de son moi. Indubitablement, ils ont pu selon leur qualité pourrir l'ensemble ou le relever. Arrêtez de pouffer bêtement, on dirait des hyènes dégénérées. Vous ne connaissez rien à rien. »

Le souvenir des « résurgences phalliques qui parsèment Pierre » me fait oublier un instant qu'il est interrogé sans ménagement par Charles Markus et que je contribue à cette humiliation. Je souhaite bien sûr que le coupable soit arrêté, mais je voudrais que ce soit un vagabond à moitié fou atteint d'un cancer en phase terminale, qui passait justement par la salle d'attente de Barney Mac Cowles. Cela m'éviterait de me sentir responsable de la présence de *mes* candidats derrière une vitre sans tain.

— Alors, dites-le, M. Gambert, vous le détestiez et vous lui auriez bien rabattu son caquet à ce capitaliste véreux et méprisant, rien de plus facile que de lui servir un café aromatisé, en plus, comme cela, vous faisiez d'une pierre deux coups, vous aviez le poste !

— C'est ridicule, monsieur, je n'ai pas besoin de cela pour prouver ma valeur. Je suis quelqu'un d'honnête, fondamentalement, je recherche avant tout la justice, je ne fais pas de coups bas.

— Pourtant, ce n'était pas très gentil de rendre M. Roullin aveugle, le 7 janvier dernier, alors que son seul tort était de se rendre à sa réunion de 10 heures.

Pierre Gambert s'anime :

— Je ne verserai pas une larme sur cette espèce de salopard qui a mis trois cents personnes au chômage pour gonfler les dividendes de petits actionnaires repus. Il a de quoi se payer un chirurgien et ça lui fera quelque chose à raconter au prochain tournoi de golf de ces trous du cul du Medef.

— Vous êtes ordurier, M. Gambert, de plus, je doute que dans son état il puisse discerner le trou d'un sycomore, vous ne l'avez pas loupé.

— Contrairement à ses ouvriers, il aura toujours de quoi bouffer, lui. Je suis scandalisé que ces agissements de tordus soient permis dans le pays de l'égalité et de la fraternité. Vous savez le comble ? Ces espèces d'hypocrites se défendent en affirmant que tous les ouvriers seront reclassés, pour six cents euros par mois, leur poste les attend en Tunisie. C'est eux qu'on devrait envoyer faire des yaourts dans le désert. J'ai déjà dit que cet homme ne m'inspirait aucune pitié et je le redis. Je n'ai jamais voulu blesser personne, mais je ne vais pas me fouetter parce qu'un gros richard a bobo à la pupille.

— Et Karl Braun, il vous inspirait de la pitié, lui ?

— Non plus, mais ce n'est pas moi qui l'ai drogué. Ce n'est pas mon genre. Je pensais que la justice faisait encore son travail dans ce pays et réfléchissait avant d'incriminer le premier syndicaliste qui passe. Apprenez, monsieur, que si j'avais voulu saboter les entretiens, je ne me serais pas contenté de somnifère, j'aurais carrément plastiqué tout ce bordel.

— Voilà qui m'éclaire sur vos intentions, M. Gambert. Vous allez passer la nuit avec nous histoire de vous calmer un peu et de revenir à des sentiments plus mesurés.

— Vous ne m'aurez pas, glapit Pierre qui se prend pour un révolutionnaire opprimé. C'est trop facile de me mettre sur le dos le fruit de votre incompétence, j'étais sûr que ça se terminerait comme cela. Faites donc votre travail au lieu de vous acharner sur moi. Commencez par la Barbie blonde, là. Eh oui, elle, elle n'est pas inquiétée, cette espèce de rat, je suis sûr qu'elle n'est même pas allée voter aux prud'homales. Mais elle est mieux roulée que moi, ça, c'est sûr, et vous ne vous êtes même pas inquiété de son emploi du temps, je parie...

— Vous avez quelque chose à déclarer sur Mme Legrand ?

— Un peu, oui, que j'ai quelque chose à déclarer. Allez donc vous renseigner sur les rapports qu'elle entretenait avec la victime. Elle a affirmé ne pas connaître Braun. Eh bien, à mon sens, « je t'aurai connard » n'est pas spécialement un échange habituel entre deux inconnus.

— De quoi parlez-vous, M. Gambert ? Je vous préviens que tout ceci n'est pas un jeu, un faux témoignage peut vous coûter cher.

— Ce n'est pas un faux témoignage et si vous aviez pris la peine d'étudier le dossier sans parti pris, vous l'auriez découvert tout seul. Lorsque Karl Braun est entré, Sophie est devenue cramoisie. Ensuite, lorsqu'il est allé s'isoler dans le réduit d'à côté, elle l'a rejoint.

Ce n'est pas un réduit, c'est une kitchenette, Tristan serait fort marri de voir traiter son mobilier de façon aussi désinvolte.

— Avez-vous entendu leur échange ?

— Je ne suis pas un mouchard, répond Pierre avec mépris. Je me suis levé pour me dégourdir les jambes et par hasard, en passant devant la porte, j'ai entendu cette espèce de grand parasite rire tandis que Sophie lui disait, texto : « Je t'aurai connard. » Faites-en ce que vous voulez. Maintenant, cela commence à bien faire, je ne parlerai qu'en présence de mon avocat.

— Vous regardez trop de séries, M. Gambert, on n'est pas aux States, ici. Nous allons vérifier vos propos et je vous conseille de vous tenir à carreau. Vous êtes assigné à résidence.

Pierre Gambert marmonne encore quelque chose au sujet de la présomption d'innocence et Charles Markus me rejoint.

Il est énervé.

— Aviez-vous remarqué cet aparté, Mlle Letellier ?

— Non, je ne suis pas restée tout le temps avec les candidats.

— Quelque chose a-t-il pu vous faire penser que Sophie et Karl se connaissaient ?

Je tente de limiter un peu les dégâts :

— Non, pas du tout. Maintenant que vous me le dites, j'ai vu une femme blonde à l'enterrement de Karl qui aurait pu ressembler à Sophie.

— Vous vous moquez de moi, Violaine, elle aurait pu lui ressembler, ou c'était elle ?

— Je ne sais pas, elle portait des lunettes noires.

— Pourquoi ne me l'avez-vous pas dit plus tôt ?

— Écoutez, je n'étais pas sûre, encore une fois. Je n'aime pas porter d'accusations hasardeuses.

Charles Markus lève les yeux au ciel.

— Mais si je vous demande votre aide, c'est justement parce que nous n'avons aucune certitude. S'il vous plaît, Violaine, je sais que ce n'est pas facile, mais dites-moi tout ce que vous savez sur Sophie. Auriez-vous pu soupçonner qu'elle connaissait Karl ?

— Non, je n'ai pas fait attention à la façon dont ils se regardaient ; les candidats que nous présentons ne sont censés ni se connaître ni s'étriper.

— Comment était-elle à l'annonce du meurtre ?

— Elle m'a paru sous le choc. Comme tétanisée. Ensuite, lorsque vous nous avez fait attendre dans la salle de réunion, elle était sonnée, elle ne parlait pas et avait l'air complètement dans le gaz.

— Quelle impression Sophie vous a-t-elle faite personnellement ?

— Le genre de femme qui aime les hommes, je dirais…

Je suis encore mal à l'aise.

Charles Markus se lève.

— Attendez-moi un peu ici, vous voulez bien ?

Je reste à ma table, un peu pitoyable. Sophie ne m'a pas parlé de ça. Je la prenais pour une croqueuse d'hommes un peu dépassée par ses frasques. Puis pour une dégénérée qui rôde dans les enterrements en prétendant être enceinte. C'est peut-être encore pire.

Charles revient et étale devant nous le dossier Portorosier saisi au cabinet. Il met côte à côte les CV de Sophie et de Karl.

— Ils n'ont apparemment jamais travaillé ensemble, murmure-t-il en comparant les deux feuillets.

— Ils auraient pu se croiser ailleurs, par hasard, avoir des connaissances communes.

— Hum hum, fait distraitement Charles en fixant les caractères.

Ma contribution à la recherche est plutôt mince.

— Là, regardez, reprend-il tandis que son visage s'éclaire. Bien sûr, cela aurait dû m'interpeller avant.

— Quoi donc ?

— Regardez, dans l'onglet « langues », Sophie indique qu'elle a été jeune fille au pair en Allemagne en 1995, elle suivait un cursus à l'université Humboldt.

— Elle me l'avait dit, c'est pour cela que nous la présentions, elle avait appris là-bas à parler allemand.

— Et regardez, 1995, c'est exactement cette année-là que Karl dirigeait sa filiale de distribution à Berlin. Savez-vous quel est le nom de la plus prestigieuse faculté allemande ?

— Humboldt ?

— C'est exactement cela, Violaine, Humboldt.

Je me sens totalement passive dans ce brainstorming entre Charles et lui-même. Un peu comme dans les conversations philosophiques de Platon avec ses disciples, sur le mode : « Ne penses-tu pas, Pancréas, que l'âme doit nécessairement être immortelle alors que le corps se fait bouffer par les vers ? – Oh, oui, Platon, combien nécessairement l'âme est immortelle quand le corps se fait bouffer par les vers… »

Charles se prend peut-être pour Platon. Ça me fait moyennement plaisir d'être Pancréas.

Étranger à mes méditations platoniciennes, Charles continue, imperturbable, sa maïeutique :

— Je pense que nous allons demander à Sophie si, par hasard, elle n'aurait pas mangé quelques saucisses avec Karl Braun en 1995…

— Ce n'est pas Francfort, plutôt ?

— Quoi donc ?

— On dit « saucisses de Francfort », pas de Berlin.

Charles me regarde, un peu blasé.

— Vous êtes lourde, Violaine…

Ainsi parlait le philosophe à ses disciples récalcitrants.

*

Sophie est vêtue d'un long pull noir sur un pantalon ample. Elle rentre juste du bureau et je suppose que c'est ainsi qu'elle met en scène son heureux événement. Elle est un peu pâle, sûrement les nausées matinales.

— Mme Legrand, il semblerait que vous ayez eu une altercation avec Karl Braun le matin de son assassinat. Un témoin vous aurait entendue lui promettre de façon virulente, je cite : « Je t'aurai connard. » Pouvez-vous nous éclairer sur cette charmante mise en garde ?

— Je ne me souviens pas, peut-être que j'étais au téléphone ? suggère un peu lamentablement Sophie.

— C'est une possibilité, admet Charles, coopératif. À qui vous adressiez-vous ?

— Eh bien… reprend courageusement Sophie, il me semble que c'était à mon plombier. Il doit passer réparer une fuite d'eau depuis des lustres, voyez-vous, et il se peut que sous l'effet du stress et consécutivement aux nombreux faux bonds dont il m'a honorée…

Sophie est entraînée par sa verve.

— Honorée, dites-vous ?

— Oui, il se peut que j'aie laissé échapper cette pique, somme toute légitime si vous considérez que toute ma famille se lave à l'eau froide depuis trois semaines.

— À l'eau froide ? Si je puis me permettre, quel est le problème ?

— Eh bien, je crois que le chauffe-eau a lâché.

— Bien, bien, bien. Vous traitez donc votre plombier de connard parce qu'il ne vient pas suite à un problème qui relève de toute évidence des mains expertes d'un chauffagiste.

— C'est pour ça, fait Sophie en se frappant le front, merci, capitaine, je vais de ce pas lui présenter mes excuses et appeler M. Martineau.

— M. Martineau attendra, je pense, que vous ayez fini de me prendre pour un con, Mme Legrand. Je vais reprendre ma question et oublier ce déplorable échange pour votre bien. Pourquoi avez-vous gratifié M. Braun de cette menace peu agréable ?

— Vous ne me croirez pas…

— Laissez-moi en juger.

— Il m'a marché sur les pieds.

— Effectivement, je ne vous crois pas.

— Mais c'est très douloureux avec des escarpins.

— Mme Legrand, vous ne vous rendez pas compte de la gravité de la situation. Un témoin vous a entendue agresser verbalement un homme qui a été retrouvé malencontreusement mort quelques minutes après. Si j'étais vous, je coopérerais activement plutôt que de me raconter des histoires sur votre plombier et vos escarpins.

Sophie éclate en sanglots et se cache dans ses mains.

Charles la regarde et lui tend un mouchoir.

— Prenons les choses autrement, lui dit-il doucement. Nous avons cru comprendre que vous étiez à Berlin en 1995, l'année où Karl Braun dirigeait là-bas une filiale de distribution. L'avez-vous rencontré à cette occasion ? Vous le connaissiez, n'est-ce pas ?

— Oui, murmure-t-elle.

— Racontez-moi un peu, comment avez-vous fait sa connaissance et comment en êtes-vous arrivée à le traiter de connard le 3 décembre ?

Sophie regarde dans le vague, se mouche et commence d'une toute petite voix :

— J'étais jeune fille au pair chez lui. Sa femme venait d'accoucher d'Anna et voulait avoir quelqu'un pour garder la petite quelques heures par jour, contre une chambre à l'étage. J'étais en cursus d'économie à Humboldt et cet arrangement me convenait. J'ai donc habité chez Karl et Greta pendant un an.

— Quelles relations entreteniez-vous avec Karl ?

— D'abord simplement cordiales, puis au bout de quelques mois, un peu plus étroites…

— Veuillez préciser.

Sophie le regarde bien dans les yeux.

— C'est clair, non ? Nous avions une liaison.

— Combien de temps a duré cette liaison ?

— Environ six mois, jusqu'à ce que sa femme la découvre.

— Que s'est-il passé à ce moment-là ?

— Je me suis retrouvée dehors. D'une minute à l'autre.

— Avez-vous continué à le voir ?

Sophie hausse les épaules :

— Ça, non, il ne m'a plus parlé dès l'instant où sa femme a su. Ils m'ont balancé mes affaires par la fenêtre et lui n'a jamais répondu à mes coups de téléphone. Il m'a laissée seule et sans ressources du jour au lendemain. Ne vous méprenez pas, monsieur, ce n'est pas moi qui étais allée le chercher. J'ai quand même certaines limites, je gardais sa fille et j'adorais ce bébé. Il m'a draguée des mois avant que je craque. Et je ne vous parle pas des boniments qu'il m'a servis pour m'avoir. Je me suis fait avoir comme une gourde. Tout ce qu'il voulait, c'était prendre du bon temps et profiter de l'aubaine que représentait une petite Française à quelques mètres de sa chambre. Ça m'a servi de leçon.

— Vous n'aviez plus de contacts avec lui ?

— Non, aucun, jusqu'à ce que je le croise en entretien. Ça a été une sacrée surprise.

— Saviez-vous qu'il avait des problèmes de drogue ?

Elle ouvre des yeux ronds :

— Non. Mais je vous dis que je ne l'avais pas revu depuis treize ans.

— Même pas entre deux plombiers ? insiste Charles.

— Non.

Elle lui lance un regard noir.

— Quelle a été votre réaction en le voyant ?

— J'étais surprise, ainsi que je vous l'ai dit, de le retrouver là, et assez choquée d'être confrontée à lui lors de ce recrutement.

— Craigniez-vous sa concurrence ?

— Oui, évidemment, il avait beaucoup plus d'expérience que moi. Mais si c'est ce que vous sous-entendez, je n'aurais jamais eu l'idée de verser du somnifère dans son café, cela aurait été complètement stupide. Je ne tue pas les hommes avec qui je couche.

— C'est un bon principe de base, concède gentiment mon capitaine.

En effet, ça fait déjà un serial killer de moins dans la nature, me dis-je derrière ma vitre sans tain. Je suis objectivement dégoûtée, cette blondasse m'a menti. Ce n'est pas grave en soi. Je passe juste pour une incapable vis-à-vis de Charles. Et ça, c'est tragique.

— Quel était alors le sujet de votre altercation devant la machine à café ? reprend-il.

— Eh bien, je suis venue avec ma tasse chercher du sucre, on venait de nous servir les gobelets et il n'y en avait pas. Je suis entrée dans la petite salle où il y a la machine et il était là, en face de moi. Il était au téléphone, et quand il m'a vue, il a raccroché. Il m'a déshabillée du regard avec un sourire en coin. Je me suis rappelé à quel point il avait été odieux dans toute cette histoire. Lui n'avait pas l'air du tout gêné, il était toujours aussi sûr de lui, et cela m'a exaspérée. Il m'a dit en me reluquant : « Alors Sophie, on couche toujours avec les bons pères de famille ? » J'étais suffoquée et j'ai laissé ma tasse sur la table avant de tourner les talons. Je lui ai répondu : « Je t'aurai. »

— Je t'aurai, connard, corrige Charles Markus.

— Oui, si vous voulez.

— Que vouliez-vous dire par là ?

— Eh bien, il semblait si sûr de lui, je voulais lui dire qu'il ne s'en sortirait pas à si bon compte, que ce poste, c'est moi qui lui grillerais. Cela aurait été une belle vengeance.

— Qu'a-t-il répondu ?

— Il a ri, et pendant que je partais, il a dit : « En tout cas, je note que tu apportes toujours les cafés. »

Charles Markus sursaute.

— Pourquoi a-t-il dit cela ?

— Parce que j'avais laissé ma tasse sur la table.

Un lourd silence suit cette déclaration.

— L'a-t-il bu, ce café, Mme Legrand ? demande Charles en détachant tous les mots.

— Il l'a levé vers moi, comme pour porter un toast, mais je n'ai pas vu s'il l'a bu ensuite, je suis vite repartie m'asseoir. Pourquoi ? Vous pensez… Oh, non, ce n'est pas possible. Vous croyez que c'est ce café qui l'a empoisonné ?

— Eh bien, c'est possible, il n'y avait qu'un gobelet près de lui quand nous l'avons trouvé. Il était allé s'isoler pour poursuivre sa conversation téléphonique. Mme Legrand, vous vous rendez compte que vous êtes doublement suspecte dans cette affaire ?

— Ce n'est pas moi, je vous le jure, j'étais la première choquée quand je l'ai découvert. D'ailleurs, ce café, j'en avais bu moi-même une gorgée.

— Cela n'engage que votre parole et si je me souviens bien, vous êtes prompte à fabuler quand le besoin s'en fait sentir.

— Je vous jure que ce n'est pas moi, dit Sophie de nouveau au bord des larmes, je n'ai rien fait. Si je n'ai rien dit jusqu'à présent, c'est que j'avais peur que vous me soupçonniez.

— Vous avez tout gagné, car c'est bien le cas.

— Je sais, se lamente Sophie, je n'ai vraiment pas de chance. Je ne pouvais pas savoir que c'était mon café qui l'avait tué.

— En tout cas, vous êtes toujours en vie, vous.

*

Charles Markus me rejoint quelques minutes plus tard. Il est soucieux.

— Allez-vous l'arrêter ?

— Non, répond-il, pas pour le moment.

Je ne cache pas ma surprise :

— Mais cela semble évident, elle avait toutes les raisons de le réduire au silence. La vengeance et l'ambition, elle voulait le poste à tout prix et n'avait pas spécialement un bon souvenir de leur aventure.

— Aventure… C'est mignon. Je vais vous dire ce que je pense, Violaine. Sophie Legrand n'est pas une meurtrière. Si c'était un homme, je dirais qu'il a la braguette facile. C'est une femme, donc, un fond de galanterie me porte à la considérer sobrement comme un cœur d'artichaut. Elle est lâche et menteuse. Elle ne fait pas face aux situations dans lesquelles elle se met et invente toutes sortes d'échappatoires. Elle prétend être enceinte pour échapper au chantage de l'un de ses collaborateurs…

— Comment savez-vous cela ?

Charles Markus me regarde froidement.

— J'ai moi aussi mes sources.

Je me mords la langue.

— Elle est donc menteuse, lâche et séductrice, comme vous le diriez si bien. Mais il faut savoir faire face pour oser verser du somnifère dans un gobelet de café devant tout le monde. Non, je ne crois pas que ce soit elle qui ait versé le somnifère. Ce n'est pas une meurtrière, plutôt une victime.

— Alors, vous les hommes, dès que vous voyez une jolie blonde pleurer, tout de suite, vous changez votre fusil d'épaule. Une victime ! Même si vous l'aviez trouvée l'arme à la main, il aurait suffi d'un effet de décolleté pour vous faire fondre. Victime de quoi ? Des méchants prédateurs qui l'ont approchée ? Dans trois minutes, vous allez me dire que vous allez la prendre sous votre aile ?

Charles Markus me coupe :

— Vous n'avez rien compris, Violaine, je passe sur votre pitoyable monologue de brune mal embouchée.

— Je ne vous permets pas.

J'en suffoque d'indignation.

— Taisez-vous donc et écoutez-moi. Je ne vous dis pas que c'est une victime en général. Je vous dis que c'est la victime.

— La victime de quoi ?

Si je considère la lueur d'étonnement mêlée d'exaspération dans les yeux de Charles, je suis définitivement idiote ou lente d'esprit en plus d'être une brune mal embouchée. Finalement, être ponctuelle, ce n'est pas si mal.

— Eh bien, cela paraît évident à présent, non ? C'est dans son gobelet que l'on a versé le somnifère. Ce qui n'était pas prévu, c'est qu'elle le donne à Karl Braun. Quelqu'un a manifestement voulu droguer Sophie et c'est Karl qui est mort par accident. Vous m'avez dit qu'elle était bizarrement somnolente le reste de la matinée. Elle avait déjà bu un peu de café, et sur elle, compte tenu de la petite dose, cela n'a eu qu'un effet léger. Mais pour Karl Braun qui a bu le reste, avec la méthadonc qu'il avait prise le matin même, ça a été fatal. Il est mort étouffé quelques heures plus tard. Nous nous trompons depuis le début. Nous recherchons un assassin qui s'est trompé de victime.

En réponse à cette sinistre assertion, je tente de faire preuve d'un peu d'esprit.

— Mais la victime avait-elle alors le bon assassin ?

— Qu'est-ce que vous racontez ?

— Si le mort n'était pas le bon, quel meurtrier devait tuer le mauvais mort. Et si on suppose que le vrai mort avait lui aussi un vrai meurtrier qui n'a pas agi puisque le mauvais meurtrier avait tué le mauvais mort, cela veut dire que nous avons deux meurtriers dans la nature. À moins que… Oui, c'est clair. Hypothèse tordue mais valide, peut-être que le mauvais mort était l'assassin du vrai, ce qui fait qu'il s'est transformé en victime quand la victime manquée pourrait tout aussi bien être le meurtrier. Charles, c'est affreux.

— Violaine. Taisez-vous, ma parole, ça doit être un sacré bordel dans votre tête. C'est simple, non, le meurtrier a empoisonné le mauvais café. Nous avons un mort par accident, et une victime et un meurtrier en liberté. Sauf si la vraie victime était elle-même le meurtrier par accident du mort sans le faire exprès. Ou si le mort était la victime de la victime qui voulait elle-même tuer l'assassin. Nous avons peut-être deux assassins en liberté.

— J'ai rien compris. Moi, c'était plus simple, si le meurtrier avait pris la mauvaise…

— Stop, OK, on arrête, je vais me concentrer sur le meurtrier. Vous, tâchez d'en apprendre plus sur la victime.

— Mais laquelle ?

— La fausse. Sophie.

— Je pensais que c'était l'assassin ?

— Oui, mais pas de la même victime. Oh, ça suffit, vous, Sophie, moi, les autres. On se reparle bientôt.

— Bon, très bien.

J'espère qu'on parlera d'autre chose.

*

Odile et moi sommes allongées sur le parquet de ma studette. Elle a pris Eugène avec elle et il bave d'un air béat sur mon tapis Ikea. Odile rentre demain chez elle. Son mari revient de mission et elle va retrouver son univers, sa maison près de la mer, ses copines et ses projets de dressage canin. Ladislav est retourné dans son régiment. Ça sent la désertion, même s'il m'a assuré ne pas lâcher son téléphone en cas de besoin pressant d'embuscade.

— Alors comme ça, c'était la vamp qui était censée tomber dans le coaltar ? Tu parles d'un merdier !

J'avoue que je ne trouve pas d'expression plus appropriée bien que je tente généralement de me différencier d'Odile par mon langage châtié.

— C'est clair. Du coup, c'est le noir complet. Sophie est loin d'être aussi impressionnante et arrogante que Karl. Au premier abord, elle fait toute gentille. Il est avéré qu'aucun autre candidat ne l'avait rencontrée avant le jour des entretiens. Pourquoi choisir de la shooter, elle ? Apparemment, le capitaine remue ciel et terre pour trouver un mobile, des points communs entre elle et toutes les personnes présentes. Ils ont même interrogé Victor Chemouli qui l'avait croisée sur un Salon en 2002. Tu parles d'un scandale.

— T'as quand même de la chance de tout voir de

l'intérieur. Il te fait vachement confiance, ton Charles, c'est louche, non ?

— Eh bien, je ne sais pas. Il pense que c'est moi qui ai le plus connu les candidats. J'étais quand même témoin de toute la scène.

Je me justifie comme une gamine qui a reçu un prix de bonne conduite.

— Je me fais un peu de souci pour toi, ma poule, tu es complètement obnubilée par cette affaire.

— Je te signale que j'étais là, ça marque, ce genre d'histoire.

— Ouais, t'es surtout marquée par les beaux yeux du capitaine. Fais gaffe, quand même, il paraît un peu léger, celui-là aussi. De toute façon, reprend-elle, c'est évident, ton merdier. C'est Valentin, l'assassin.

— Comment tu le sais ?

— Par élimination, ma poule, c'est évident. Celui qui se fait le moins remarquer est toujours l'assassin en fin de compte.

— J'ai posé la question à Charles mais il me dit de me concentrer sur Sophie. Qui pouvait lui en vouloir ? Pour lui, c'est la clé.

— Non, mais tout ça, c'est du flan. L'assassin, c'est Valentin. C'est toujours comme ça, tu peux me croire, conclut ma sœur d'un ton docte.

— Comme si tu avais une grande expérience des assassinats, toi.

— Tu verras, s'obstine-t-elle. Au lieu de perdre son temps, ton capitaine ferait mieux de suivre le sens commun. L'assassin est toujours celui qui a le moins de raisons d'être soupçonné. Logique, il fait attention. Sinon, ce ne serait pas un vrai assassin et il n'y aurait jamais besoin de faire des enquêtes…

Nous restons silencieuses un moment. J'aimerais lui dire que Charles est très intelligent, que c'est tout sauf un mariole et que, quel que soit l'assassin, même s'il est insoupçonnable, il le trouvera. Sauf que si je dis ça à ma sœur, elle va me faire des clins d'œil toute la soirée, chanter « Ououh, Charles est sexy », un nombre incalculable de fois, et finir par acheter aux enchères ma robe de mariée sur eBay. Alors je ne dis rien et oriente le débat sur mes prouesses d'enquêtrice.

— Tu sais, j'aime vraiment l'aider dans son enquête. Peut-être même que ça m'ouvre de nouveaux horizons, j'en ai un peu assez de la chasse de têtes. Tu ne crois pas que je serais bien pour traquer les malfaiteurs ?

Odile tire sur sa cigarette et lève les yeux au ciel.

— Toi, tout ce que tu veux traquer, c'est un grand mec qui s'appelle Charles. En plus, tu ne peux vraiment pas devenir gendarme. Tu ne ferais pas ça à papa.

Pour papa, les gendarmes sont tous des marioles. Je ne sais pas d'où vient cette assertion mais elle est ancrée dans notre patrimoine familial. En fait, aucun gendarme n'a jamais été maltraité chez nous. Lorsqu'il nous arrive d'en croiser, papa se contente de murmurer avec magnanimité : « Personne n'est parfait », et on en reste là. De toute façon, je ne veux pas devenir gendarme, je veux juste être policier. Le seul problème, c'est que cela me fait de la peine d'interroger et d'arrêter les gens. Je suppose que c'est un handicap pour un policier. Odile a raison, je vais me concentrer sur Charles, ensuite, j'aviserai.

*

Je fixe bêtement mon téléphone comme si un gentil lutin allait composer le numéro de Barney Mac Cowles pour me donner une par une les solutions aux problèmes qui creusent un peu plus chaque jour les cernes disgracieux entre mes pommettes et mes yeux. *Où est Mr Herrington ? Qui voulait tuer qui ? Qui ne voulait tuer personne ?* sont en vrac les questions insidieuses qui transforment mon sommeil en une errance ridicule dans quelques mètres carrés entre une kitchenette et un vasistas.

Je n'ai jamais cru au Père Noël, mais aujourd'hui les petits lutins sages me semblent une alternative tout à fait rassurante.

— Alors, Vio, tu prends racine ? ricane Marc.

Aussi loin que je me souvienne, je n'ai jamais vu personne rire à cette blague. Néanmoins, je fais comme tout le monde et me fends d'un gloussement pathétique.

— Non, je prépare mes prises de références.

Je regarde vers Tristan pour chercher un allié mais il est plongé dans la contemplation de la plante verte, et je pourrais jurer qu'il cherche à en définir la teinte exacte de vert-de-gris.

Comme si nul n'avait péri, la chasse continue pour Portorosier et les candidats vivants attaquent le deuxième round qui consiste à rencontrer la DRH du site. Nous, en attendant, vérifions leurs exploits dans leurs précédents postes.

« Cherchez discrètement à savoir si elle s'est fait des ennemis », m'a recommandé Charles lors de notre dernière entrevue. Ça risque d'être épique, compte tenu justement de ma discrétion légendaire.

— Allô, bonjour, ici Violaine Letellier du cabinet Barney Mac Cowles, je vous appelle au sujet de Sophie Legrand, c'est dans le cadre d'une prise de références, je sais que vous avez travaillé avec elle il y a cinq ans. Acceptez-vous de répondre à quelques questions ?

— Oui, très bien.

Antoine Grellet a l'air enchanté. C'est souvent le cas, les gens appelés pour parler de leurs collègues sont heureux d'avoir une oreille attentive à leurs fines appréciations psychologiques.

— Quelle était exactement la nature de vos relations avec Mme Legrand ?

— Pardon ?

— Eh bien, je veux dire, fonctionnellement.

Marc en face de moi hausse un sourcil et lève les yeux au ciel, gymnastique complexe censée exprimer son désarroi face à mes tournures maladroites.

— Fonctionnellement, je suppose que j'étais son chef.

— Vous supposez ?

— Oui, si c'est ce que vous entendez par « relation fonctionnelle »…

Je ne relève pas et tente de m'en sortir par le haut en évitant les querelles linguistiques.

— Et vous a-t-elle donné satisfaction ?

— Mais oui.

— Dans quel sens ?

— Quel est le sens de votre question, madame ?

— Celle du sens de votre satisfaction, justement.

— Ça n'a pas de sens.

Ce n'est pas faux. Je vais arrêter de poser des questions obscures à double niveau et mettre les pieds dans le plat. C'est au tour de Chloé de me fixer avec insistance.

— Je veux dire, petit un, était-elle performante, petit deux, a-t-elle rempli ses objectifs, petit trois, s'est-elle fait des ennemis de nature à vouloir l'empoisonner ?

— Vous êtes de quel cabinet déjà ?

— Cabinet de conseil Barney Mac…

Marc m'arrache le téléphone des mains et coupe la ligne.

— Violaine, est-ce que je peux savoir exactement ce que tu es en train de faire ?

— Je prends les références…

— Non, on a une procédure, Violaine, des petites fiches dans l'onglet « méthodologie », qui donnent les questions à poser.

— Dans les petites fiches, comme tu dis si bien, je n'ai jamais vu spécifier qu'un candidat pouvait se faire dégommer en entretien. Alors, je m'adapte.

— Non, là, t'es pas business, Violaine. Nous ici, on fait du recrutement, pas autre chose.

— Et les candidats à la morgue, c'est le business aussi ?

Marc me regarde froidement et sans prévenir je me sens partir :

— Ton business, c'est de la merde. De la merde, tu prends les gens comme des bouts de papier que tu empiles dans des bannettes en touchant des chèques quand ils rentrent bien dans les cases. Tu restes branché sur ton tableau, en attendant, je ne sais pas si tu as saisi, je tiens juste à te rappeler qu'il y en a juste un qui a crevé la gueule ouverte avec nos conneries de business.

— Cela n'a aucun rapport, Violaine, c'est un accident.

— C'est pas un accident, c'est la face visible de l'iceberg, c'est tout.

Chloé, interloquée, ne suit plus.

— Attends, pourquoi tu t'excites sur les icebergs, là ?

— Parce qu'en dessous de l'iceberg il y en a des milliers. Des milliers de paumés en dessous du cadavre de Karl Braun. Des milliers de mecs vers qui on doit « revenir prochainement », des milliers de pauvres tarés pas business qui pointent aux Assedic parce qu'ils ont dépassé leur date de péremption ou qu'ils ne présentent pas assez bien. Il y en a un qui est mort, des milliers qui crèvent lentement. C'est ça, ton business, Marc ?

— Si tu veux faire du social, va chez mère Teresa, réplique Marc, blanc de rage.

— Elle est morte elle aussi, pauvre naze.

À court d'arguments, je me mets à pleurer comme une gourde, conclusion pathétique à un coup de gueule pathétique. Je suppose qu'à cet instant précis Marc et Tristan se remémorent mon score de 1 sur 10 en stabilité émotionnelle au test « Who are you Peter » passé lors de mon propre entretien de sélection. Comme personne ne semble vouloir me réconforter, j'opère une retraite stratégique au water-closet en priant de façon absurde pour que ma sœur se matérialise en face du lavabo. Même le Père Noël, à la rigueur, quelqu'un, quoi. Quelqu'un qui apparaisse avec un petit magnétophone magique. Qui me dise : « Mais non, c'est bon, regarde on va tout rembobiner, tu n'appelleras jamais Karl Braun », ou même : « Tiens, regarde, tu n'iras jamais travailler chez Barney Mac Cowles », et même compte tenu de mon niveau de désespoir : « Regarde, tu vas donner ton numéro à Childéric, l'épouser et aller faire des gâteaux aux amandes à Brest. » Non, quand même pas, à la réflexion, il avait vraiment les mains moites. Totalement à court de solutions pour le court, le moyen et le long terme, j'envisage sérieusement d'appeler maman quand j'entends un coup discret sur la porte.

— Violaine ? Violaiaiaine ? C'est Tristan. Violaine, vous connaissez la fable du *Loup et l'Agneau* ?

Il ne manquait plus que ça. J'inspire un grand coup.

— Ouais, Tristan, vous fatiguez pas, il se fait bouffer à la fin.

— Oui, mais Violaine, est-ce vraiment le plus important ? Ne croyez-vous pas que, d'un côté, c'est l'agneau qui gagne ?

— D'un côté, vous dites ?

— Oui, pensez-y, Violaine, la force de la douceur reste suspendue en l'air dans les paroles de l'agneau comme des particules d'amour fraternel.

— Tristan, vous dites n'importe quoi, il se fait bouffer et l'autre continue tranquillement. Ma parole, à quoi vous carburez, Tristan ?

Mon téléphone sonne et, sans regarder, je beugle un « allô » peu amène.

— Violaine, c'est Charles, je vous dérange ?

— Oh, non, je suis aux toilettes avec mon patron, on parle des *Fables* de La Fontaine, qu'est-ce que je peux faire pour vous ?

— Vous avez bu ?

— Non. Qu'est-ce que vous voulez ?

— Avez-vous du nouveau concernant le passé de Sophie ?

— Figurez-vous que non, je n'arrive pas vraiment à faire parler les gens comme je le voudrais.

— Bon, très bien. Laissez tomber, s'il vous plaît. Je m'en occupe. Nous avons de nouveaux éléments.

— Quoi donc ?

— Je vous tiendrai au courant. Appelez-moi juste si vous découvrez quelque chose par hasard. Je vous ferai signe.

— C'est ça, utilisez-moi et jetez-moi comme une éponge sale, vous aussi. Vous savez quoi, on cherche de nouveaux consultants bien business chez Barney Mac Cowles, vous voulez pas venir faire un tour, je vous présenterai avant de prendre ma lettre de licenciement.

— Violaine, vous allez bien ?

— Parfait, excellent.

— Ça résonne on dirait, qu'est-ce que vous faites ?

— Je vous l'ai dit, je suis aux toilettes.

— Je ne vais pas vous déranger plus longtemps.

— Non, attendez…

— Quoi ?

Je n'ai pas envie qu'il raccroche. Sa voix me fait stupidement du bien.

— Eh bien, vous connaissez la fable du *Loup et l'Agneau* ?

— Oui, vaguement, pourquoi ?

— Qui gagne selon vous ?

— Eh bien, dans mes souvenirs, c'est assez peu équivoque, l'agneau se fait bouffer.

— Et si, d'un certain côté, je vous disais que c'était l'agneau ?

— Je vous dirais que d'un côté encore plus évident vous avez besoin de vacances. Au revoir, Violaine, soyez quand même prudente, dans vos… vos toilettes.

Génial. Conversation et souvenirs à effacer instantanément de ma mémoire déjà saturée de réminiscences embarrassantes.

Lorsque je sors, Tristan me fait un clin d'œil complice et murmure :

— Des particules d'amour, Violaine, souvenez-vous…

Je retourne dans l'open space où Chloé est apparemment toujours sur l'iceberg :

— Non, parce que s'ils fondent, c'est surtout à cause du réchauffement climatique…

Parfois, je me dis que le cerveau de Chloé ressemble à un bocal dans lequel tourne sans fin un poisson mononeuronal. Mais c'est quand je suis méchante. Aujourd'hui, je suis surtout très paumée. Je fais donc mes excuses à Marc.

Il les reçoit gentiment, ce qui me conforte dans mon impression d'être une folle caractérielle.

— Vio, prends des vacances, quelques jours pour te remonter. On te les offre. Tu as des raisons d'être tendue.

— Mais vous aussi, vous étiez là…

— Je crois qu'on n'a pas pris les choses autant à cœur. Allez, va, mais Vio…

— Oui ?

— À l'avenir, essaie de prendre un peu de distance…

Je n'ai pas la faculté d'enfermer les choses dans des cases étanches. Ces milliers de CV volent autour de moi avec des visages et des notes lapidaires. Des cadavres donnent la réplique à des policiers cyniques entre deux gorgées de café et je n'ai plus envie de jouer. Plus envie de chasser ni d'enquêter. Je sais que, quoi qu'il arrive, les chiffres continueront à s'aligner sur le tableau de Marc et que c'est grâce à ça que je paye mon loyer.

J'entrevois pourquoi les trentenaires hystériques beuglent le générique de *Candy* dans des karaokés aux couleurs acidulées.

Je ne vais pas prendre de vacances, je vais retourner lundi au bureau, reprendre mes notes sur Robert Herrington et attendre l'appel de Charles qui m'expliquera pourquoi. Pourquoi la folie s'est invitée en entretien d'embauche et a détruit le pion proche de la case jackpot.

Non, je vais arrêter de chercher Robert Herrington pour me rabattre sur sa copine Mindy, celle qui élève des chèvres, et me payer un aller simple dans le Larzac.

Peut-être que Charles Markus aussi aime bien les chèvres ?

*

Le 23 décembre, vingt jours exactement après le meurtre, je suis en train d'accrocher mes dernières décorations de Noël. J'ai repris du poil de la bête, comme dit Marc. En fait de décorations, il s'agit juste d'une guirlande, d'un petit jésus et de deux bougies. L'exiguïté de mon réduit me contraint à choisir entre l'esprit de Noël et des objets aussi bêtement fonctionnels qu'une casserole ou un porte-serviette. Le capitaine Markus semble me bouder. J'ai tenté de l'appeler plusieurs fois, sans réponse. J'ai la douloureuse sensation de ne servir à rien dans ce bas monde. Pour me réconforter, je bois du thé de Noël dans de grands mugs à fleurs que maman m'a offerts. Je finis de coller avec de la Patafix la guirlande sur mon mur humide lorsque mon téléphone sonne. *Chapeau melon et bottes de cuir.*

— Violaine ? Charles Markus.

J'attendais sa voix depuis des jours.

— Oh, bonjour.

J'ai décidé de ne plus susciter de quelque manière que ce soit ses railleries. Je bride donc ma naïveté, mon côté fleur bleue et mes nouvelles tendances dépressives pour lui renvoyer l'image d'une fille posée et sûre d'elle, d'une habituée des tourmentes de la vie, qui tient le cap de façon décontractée. Pas vraiment moi, en fait.

— Bonjour, Violaine, j'aimerais vous parler, j'ai des

choses à vous dire concernant la mort de Karl Braun. J'aimerais vous voir au commissariat. Pouvez-vous passer ?

Quelque chose de sérieux dans le ton de sa voix me dit que ce n'est pas le moment de faire une petite blague décontractée pour détendre l'atmosphère de ma sérénité mature.

Lorsque j'arrive au commissariat, il est encore devant en train de fumer une cigarette. Cette fois, il me guette. Il écrase sa cigarette en m'apercevant et de nouveau effleure légèrement mon bras pour me laisser passer. Il me conduit dans son bureau. Aujourd'hui, mon capitaine arc-en-ciel est en violet, couleur des profondeurs, selon maman. Ne me demandez pas de quelles profondeurs il s'agit, je n'en ai aucune idée, maman nous dit toujours cela avec une voix si grave et inspirée que nous hochons tous la tête d'un air entendu. Peut-être les profondeurs de la méditation. Cela tombe bien, je suis tout à fait d'humeur à méditer avec Charles. Je n'étais jamais entrée dans son bureau et, l'espace d'un instant, je frémis à l'idée de me retrouver devant la photo d'une jolie blonde dans ses bras sur fond de mer bleue. Je scrute chaque recoin avec méfiance à la recherche d'un cadre.

— Vous avez besoin de quelque chose ? me demande-t-il distraitement.

— Non, rien.

Je me rappelle que j'ai décidé d'afficher une élégante indifférence et attends sans rien dire. C'est lui qui m'a demandé de venir. C'est donc à lui de commencer.

— Vous ne souhaitez pas savoir où en est l'enquête ? me demande-t-il. Vous n'êtes pas très curieuse aujourd'hui…

Il y a comme une note de sympathie dans la voix de Charlie.

— Eh bien, j'ai essayé plusieurs fois de vous appeler sans succès. Je suppose que vous n'aviez pas besoin de moi. Si je suis là, c'est sûrement que vous avez du nouveau. Je peux vous être utile ?

Charles me considère pensivement. Mon nouveau style semble l'impressionner. Ou pas…

— Vous vous sentez bien, Violaine, vous avez l'air bizarre ?

— Mais oui. Pourquoi m'avez-vous appelée ?

— Nous avons terminé notre enquête. J'ai pensé que vous aimeriez en connaître les conclusions compte tenu de votre contribution à notre travail.

Je suis un peu décontenancée, ce n'est pas comme ça que j'avais imaginé la résolution de l'énigme. Nous étions censés trouver la clé ensemble et fêter dignement notre labeur commun dans les rires et le champagne. Je ne pensais pas me voir froidement subir un exposé comme une mauvaise élève en cours de rattrapage.

— Dites-moi, dis-je timidement, qu'avez-vous trouvé ?

— Nous avons arrêté Valentin Evrard. C'est lui qui a versé le somnifère.

— Valentin ?

— Oui, vous n'êtes pas surprise ?

— Si, si. Très.

Je pense à Chloé, à ma mère, à Odile. Après tout, il avait une tête de fouine, un ego ratatiné et aucune raison d'être soupçonné.

Quelque chose m'empêche d'expliquer la logique de cette déduction à Charles. Quelque chose de très ténu dans son regard et sa voix. Une distance un peu grave. Il parle d'une voix neutre, comme un commentateur de documentaires animaliers.

— Le 3 décembre, Valentin Evrard s'est rendu, un peu découragé, à l'entretien pour le poste de directeur commercial. Ses mois de chômage lui pesaient de plus en plus. Il partait perdant et était sûr de se rétamer une fois de plus. Selon lui, le même scénario se répétait depuis des mois. Il était présenté par les recruteurs comme faire-valoir des autres candidats et en avait assez. Je cite : « J'en pouvais plus d'être à chaque fois le pot de fleurs que l'on montre pour parfaire le décor. » Il avait toujours de bons contacts mais n'était jamais recruté *in fine* parce que le vrai candidat, celui qui devait remporter la mise, clairement, ce n'était jamais lui. Est-ce une pratique courante dans votre métier, Mlle Letellier ?

Je déglutis face à mon ex-partenaire qui me juge à présent de ses yeux sombres.

— C'est plutôt Marc qui a constitué la short list, dis-je lamentablement.

L'écolière est devenue un vilain mouchard qui se sent morveux.

— Je vois, répond Charles qui, j'en suis sûre, ne voit rien du tout.

— Mais qu'est-ce qui s'est passé, au juste ? Il n'avait pas prémédité son acte puisque le somnifère a été pris sur place.

— Non, en effet, Valentin Evrard ruminait dans le train. Lorsqu'il a accroché son manteau en arrivant, il a bousculé celui de Marc et la boîte est tombée. Il l'a ramassée et a eu à ce moment-là l'idée de mettre, comme il dit, toutes les chances de son côté. Il a pris la boîte et l'a mise dans sa poche. Lorsque vous avez servi les cafés, il s'est débrouillé pour se retrouver assis à côté de Sophie. À un moment, elle a posé son gobelet pour fouiller dans son sac. Il a fait tomber son téléphone à côté d'elle et a bousculé les gobelets en le ramassant, il a fait mine de les remettre en place et a versé à ce moment-là le tube entier dans le gobelet. Elle a bu quelques gorgées et s'est ensuite levée avec le café pour rejoindre Karl Braun à côté. C'est lui qui a hérité du mélange. Comme vous le savez, après leurs touchantes retrouvailles, il a levé le gobelet vers elle pour la narguer et a dû poursuivre son geste en buvant d'un trait. Karl Braun est mort pour son arrogance parce qu'un homme humilié voulait droguer une concurrente.

Je suis atterrée que notre gentil pot de fleurs se soit métamorphosé en monstre. Nous avions aligné nos petits bonhommes comme des billes, et voilà que cette fois les perles de verre se sont transformées en boules de billard qui se sont entrechoquées jusqu'à disparaître dans le noir. Nous sommes de bien piètres marionnettistes emmêlés dans nos ficelles tandis que nos poupées se sont fait la malle et dansent sans nous demander notre avis.

Charles Markus me plaît, c'est sûr, mais bien que je le sache très doué, et qu'il soit logique que Valentin soit le coupable, je n'arrive pas à saisir comment il a compris ce qui est arrivé le 3 décembre.

— Vous avez retrouvé des preuves qui l'accablent, ses empreintes sur le tube de somnifère ?

— Non, rien de la sorte, le tube a été jeté dans la poubelle des toilettes, préalablement lavé à l'eau et au savon, et essuyé.

— Mais comment avez-vous su que c'était lui ?

— Nous avons trouvé étrange son assurance lorsqu'il répétait que Karl Braun ne pouvait pas représenter une menace pour lui. Nous l'avons convoqué et lui avons demandé si Sophie lui paraissait une concurrente plus sérieuse, il a bafouillé et est devenu étrangement nerveux. Au cours de nos questions, il s'agitait de plus en plus et était sur la défensive. Il a fini par nous dire, excédé : « Je ne me laisse pas impressionner par une vulgaire pétasse, je n'avais pas besoin de lui verser un tube de somnifère pour me sentir en sécurité. » Nous n'avions jamais précisé la quantité du somnifère administré. La coïncidence nous a paru louche. De plus, par élimination, c'est lui qui était dans notre ligne de mire. Pierre Gambert nous paraissait hors de cause, comme il le dit si bien, ce n'était pas son *modus operandi*. Il lui aurait bien fait bouffer sa trousse à maquillage pour lui apprendre à être une poupée Barbie capitaliste et sans cervelle, vous reconnaîtrez ses mots, je suppose, mais il ne l'aurait pas droguée en douce. Quant à Karl Braun, il est mort. Il ne se serait pas suicidé en versant du somnifère dans le gobelet de Sophie dans l'espoir qu'elle lui donne. On peut considérer pour acquis qu'il n'était pas idiot. S'il avait voulu la droguer, je pense qu'il aurait eu suffisamment de présence d'esprit pour ne pas boire son propre poison. Nous avons donc sauté sur l'erreur de Valentin : nous lui avons demandé comment il savait que c'était un tube de somnifère. Il s'est vite écroulé. Pas un mental de gagnant.

Pendant une seconde, j'ai cru entendre Marc. Pauvre Valentin, sa résistance à la pression n'est apparemment pas fiable dans la durée, il aurait dû faire encore plus de rugby. Au moins, je suppose qu'à présent sa fille n'aura plus besoin de broder pour raconter des choses trépidantes dans ses dissertations.

— Est-ce qu'il va aller en prison ?

Charles hausse les épaules.

— Je suppose que oui, il n'avait pas l'intention de donner la mort, mais les faits sont accablants.

Je ne suis définitivement pas faite pour être policier. La chute des méchants ne m'apporte aucun plaisir. Juste un grand vide.

Charles est pensif, il n'est ni excité ni gai. J'aurais supposé que tout bon flic qui résout une affaire est sur un petit nuage. Mais après tout, je ne sais rien de son quotidien, il a peut-être des tas de cadavres sans assassin derrière. Difficile de se réjouir quand les morts se succèdent sur votre bureau. Quand j'arrive le matin, j'imprime tous les nouveaux CV qui sont tombés dans la nuit. Qui sait, je vais peut-être découvrir un joueur professionnel d'échecs, un passionné de mantras et, pourquoi pas, si j'ai beaucoup de chance, le CV de Robert Herrington. C'est sympa de serrer ma tasse entre mes doigts pour me réchauffer et de respirer l'arôme de l'arabica tandis que l'imprimante me tend les nouveaux visages de la journée. J'imagine que ce doit être nettement moins chaleureux avec des gens morts et des scènes de crime.

Mais pour Valentin, quelque chose m'échappe, je ne comprends pas comment il a pu passer à l'acte aussi facilement. Il n'a pas l'air tordu ni violent. Qu'est-ce qui s'est passé dans sa tête pour qu'en arrivant au cabinet il parte bille en tête assaisonner le café de Sophie. Et pourquoi Sophie. Je me tourne vers Charles :

— Je ne comprends pas une chose, capitaine, comment en est-il arrivé là. Comment a-t-il pu se dire d'un coup d'œil : « Tiens, la blonde, là-bas, je vais la shooter vite fait. » Pourquoi pas Karl, pourquoi pas Pierre ?

— Parce que c'est elle qui représentait le plus grand danger à ses yeux.

— Mais comment pouvait-il le savoir ?

— Ça, c'est une bonne question, Violaine. Quelqu'un a aidé Valentin. Il savait tout, bien avant d'arriver sur les lieux. Il savait tout parce que c'est vous qui lui avez dit.

*

La pièce se transforme en bateau de cauchemar qui tangue et chavire. Je m'accroche aux bords du bureau. Je me concentre de toutes mes forces pour réussir à parler, ce n'est qu'un tout petit filet de voix qui passe de mes lèvres pour demander tout doucement :

— Qu'est-ce que vous dites ?

Charles paraît triste. Ses yeux font le tour de ma petite personne tassée sur sa petite chaise.

— Je dis que c'est vous, Violaine, qui avez donné à Valentin les informations qui allaient le conduire au meurtre.

— Mais comment cela, je ne l'ai pas vu entre l'entretien à notre cabinet et le 3 décembre. Je ne lui ai même pas parlé, si ce n'est pour confirmer les rendez-vous par téléphone.

— Vous ne lui avez pas parlé, mais vous lui avez écrit.

— Mais non, je suis sûre que non.

Charles soupire et sort d'un classeur une feuille noircie de caractères. Il ne retire apparemment aucune satisfaction de la situation et il m'apparaît clairement à ce moment que peut-être, finalement, le capitaine multicolore m'aime bien.

— Regardez, Violaine, voici l'historique de vos mails. Regardez, le 26 novembre, près d'une semaine avant les entretiens, vous avez transmis ce message à Valentin Evrard :

M. Chemouli,

Veuillez trouver ci-joint les dossiers des quatre candidats qui vous seront présentés ce jeudi 3 décembre. Nous avons une bonne impression concernant Karl Braun, excellent profil international.

Nous nous revoyons donc à l'occasion de ces entretiens.

Bien à vous,

Violaine Letellier.

En pièces jointes, bien visibles, quatre dossiers PDF s'intitulent solennellement « candidature Karl Braun », « candidature Pierre Gambert », « candidature Sophie Legrand », « candidature Valentin Evrard ».

Je baisse la tête et me demande comment je me suis débrouillée pour envoyer ce mail hautement confidentiel à Valentin.

Je me souviens avec horreur qu'effectivement, j'avais fait un premier mail qui n'était jamais arrivé à Victor Chemouli. Marc m'avait houspillée et j'avais dû en envoyer un autre avec accusé de réception. Il n'a pas reçu le premier mail parce que je ne lui ai pas envoyé. *Victor* et *Valentin* commencent par la même lettre. Je ne lui ai pas envoyé parce que, comme une idiote, j'ai tapé la première lettre de mon destinataire et envoyé trop vite sans vérifier. Je n'ai pas vérifié parce que je n'étais pas concentrée. Je n'étais pas concentrée parce que, comme d'habitude, je devais être très occupée à considérer mes semblables, à commencer par Chloé et Marc, comme de parfaits crétins tout juste bons à me divertir.

Valentin est devenu un assassin et Karl est mort parce qu'une pauvre gourde du haut de son clavier a préféré garder un petit sourire narquois plutôt que de se concentrer deux secondes avant de presser la touche « envoyer ».

C'est absurde à en pleurer.

— Violaine ? Violaine ?

Charles Markus m'appelle doucement.

Je croise son regard et là, bien que ce soit stupide, bien que cela ne serve à rien, tout ce que je trouve à dire, c'est, en fixant mes chaussures :

— Je ne l'ai pas fait exprès.

— Je sais, Violaine. Nous n'allons pas vous mettre en cause. C'est une faute professionnelle, pas un crime.

— Mais c'est de ma faute s'il a vu les dossiers. Il les avait tous lus et avait jugé avant d'arriver sur les lieux que Sophie allait lui passer devant. Je suis responsable.

— Vous n'êtes pas vraiment coupable. C'est une erreur.

Charles tente de me réconforter, c'est idiot, cela ne me fait plus ni chaud ni froid, je suis paralysée par l'énormité de ma bêtise. Une toute petite touche « entrée » de rien du tout qui a inscrit sur ma messagerie Valentin Evrard au lieu de Victor Chemouli, et j'ai continué à jacasser sans me rendre compte de rien. Et un homme malheureux, qui voulait encore être un héros pour une petite fille, a lu ces dossiers où il jouait de nouveau le rôle d'un poteau décoratif, et ça lui a fait perdre les pédales. Il a toujours dit que Karl Braun ne l'impressionnait pas, trop cher, trop sûr de lui dans sa lettre de motivation. Le vrai danger, c'était Sophie.

— Je ne vous retiens pas, Violaine.

Charles Markus range ses papiers. Il a vraiment l'air malheureux. Je ne peux qu'y être sensible, même si je me doute qu'il n'est pas dans les attributions d'un policier de ressentir autre chose qu'une vague commisération à l'égard des états d'âme d'une meurtrière impunie. Si encore j'étais une sorte de criminelle suave qui vengeait l'honneur de sa famille outragé par des mafieux, il pourrait m'admirer un peu en me passant les menottes aux poignets. Mais ma famille, à l'heure qu'il est, doit s'apprêter à passer à table en commentant le journal télévisé, et je suis juste une lamentable gaffeuse qui ne sait pas envoyer un mail. Rien de très glorieux. Je suppose que pour lui l'affaire est classée. Pour moi aussi. Je n'ose plus le regarder en face.

Je quitte le commissariat. La culpabilité qui me titillait n'est plus un petit pincement de cœur. C'est un monstre qui se colle à mon ombre. Je la traîne derrière moi. Comme un énorme boulet.

Mon téléphone fait un petit bip. Je n'espère déjà plus rien lorsque je lis le message : « Alors, Vio, à qui je casse la gueule ? Biz. Lad. »

*

Dans l'avion qui m'emmène vers le Congo, j'écoute la musique très fort. De la musique très gaie avec beaucoup de basses, qui couvre le bruit des moteurs et se fredonne comme un générique de fin. Parce que, même si maman me dit de positiver mon expérience, je sais que ma toute jeune vie ressemble à un fiasco couronné par une tragédie. Je pense que je suis inadaptée à la vie moderne. Papa m'a accompagnée jusqu'à l'aéroport, il a été parfait. Curieusement, c'est lui qui m'a le mieux comprise lorsqu'il est apparu aux yeux du monde que j'étais une mariole de première catégorie pas loin d'atteindre le stade de dégénérée. Consécutivement à ce qui restera dans la famille Letellier comme « La mortelle boulette de Violaine », j'ai décidé d'être mise hors d'état de nuire. J'ai prononcé un vœu d'abstinence totale et irrévocable concernant tout ce qui peut se rapprocher de près ou de loin à un système informatique ou virtuel. Une fois ce vœu prononcé, il a fallu se préoccuper de mon avenir. Il est vite apparu que même pour faire des ménages en entreprise je devais manipuler une sorte de badge pour pointer. Je risquais dangereusement de faire bugger le système. À notre époque cathodique, il est impossible de faire quoi que ce soit sans maîtriser Excel. Malgré l'insistance de ma mère qui voulait m'envoyer de force dans un merveilleux centre de remise en forme où l'on réapprend à s'approprier son existence par la peinture et l'expression corporelle, j'ai recherché méthodiquement avec l'aide de mon père un endroit où il n'y a ni Internet ni ordinateur. Je pars dans un centre missionnaire au cœur du Congo où je serai chargée de donner des cours de français à des petites filles. Là-bas, au moins, je serai physiquement incapable de perpétrer un meurtre par les ondes. Je vais travailler dur et peut-être même que je pourrai faire seule quelques balades à dos d'éléphant au soleil couchant pour ruminer l'échec total de mes entreprises professionnelles et amoureuses passées.

Je ne suis même pas sûre qu'il y ait des éléphants au Congo, mes seules connaissances sur le pays se limitent à l'album de Tintin qu'Odile m'a gracieusement offert lorsqu'elle a appris mon exil. Elle l'a joliment dédicacé : « À la plus kiffante des grognasses. » Je l'ai prudemment laissé à mes parents de peur d'être taxée de raciste et de provoquer un esclandre à l'aéroport lors de la fouille de ma valise par un douanier congolais. Situation peu conforme à l'image que je me fais de ma nouvelle vie. J'ai quand même emporté les photos de mes neveux car, quand je rentrerai, il n'est pas impossible qu'Eugène ait du poil au menton. J'espère que d'ici là il aura abandonné ses collerettes en dentelle et son triple menton sans quoi le mélange évoquera un portrait de Picasso, ce qui serait fâcheux, car pour les Letellier, vous vous en doutez, Picasso est un mariole de première catégorie.

Malgré la musique entraînante, je me sens aussi triste et glauque qu'un autoportrait de Sartre. Je sens que je pourrais composer moi aussi des poèmes élégiaques, comme Tristan. Il a d'ailleurs vendu Barney Mac Cowles à Marc. Il va à présent se consacrer à l'écriture.

La mort de Karl et la découverte de ma faute suivie de mon départ l'ont persuadé qu'il se faisait trop vieux et noble pour un monde aussi absurde. Chloé m'a dit qu'elle le voit souvent rôder dans le quartier, il hume l'air et regarde les passants en quête d'inspiration. Une vieille dame l'a un jour frappé avec son sac parce qu'elle croyait qu'il voulait l'agresser. Il semble que, suite à cet incident, il se soit fait une petite notoriété dans le cercle des poètes contemporains parisiens en publiant un texte intitulé *La Vacuité du sac de la bacchanale aux perles noires*. Je suis heureuse pour lui. Marc et Chloé coulent le grand amour dans l'open space redécoré façon vintage cosy avec lounge. Ils ont tout changé pour effacer les traces de la tragédie. D'après Chloé, des ondes négatives subsistaient et elle avait peur de se retrouver un beau matin face au spectre menaçant de Karl. Je n'ai pas tout compris mais, d'après la voix hystérique de bonheur au bout du fil, je peux supposer que quelqu'un sur cette terre goûte son happy end, et c'est tant mieux. Un seul nuage pour Marc, Portorosier a fini par recruter Pierre Gambert qui martyrise glorieusement Victor Chemouli de ses revendications éco-citoyennes. Le choix de Chemouli s'était porté sur Sophie, mais lorsque Marc a appelé son patron pour prendre des références supplémentaires, celui-ci l'a sommé de laisser en paix la future mère de ses enfants sous peine de poursuites. Victor Chemouli ne voulait pas de poursuites et encore moins d'une future mère, et a offert le poste à Pierre. Philosophe, il se console en se disant qu'au moins ce dernier ne partira jamais en congé maternité. Maintenant c'est lui qui arrose Marc de CV pour trouver un endroit sans Pierre Gambert où installer ses pénates. Pour Marc, ce n'est plus un bon gars brillant, mais un pauvre patron bientôt planté.

J'ai revu Charles une fois, au tribunal, lorsqu'il a fallu que j'apporte mon témoignage au procès de Valentin. Il est venu à la fin de l'audience me serrer la main.

— Je vous souhaite bon courage pour la suite, Violaine.

— Merci, je pars au Congo, je vais devenir professeur.

— Ah. Peut-être nous reverrons-nous un jour dans des circonstances un peu plus joyeuses.

— Je vois mal comment, lui ai-je dit sombrement, à moins que nous nous retrouvions par hasard sur une scène de meurtre particulièrement amusante où je n'aurai pas tendu l'arme du crime à l'assassin.

— Vous voyez les choses d'une drôle de façon, quoi qu'il en soit, prenez soin de vous.

J'ai tourné les talons sans répondre, c'est trop difficile de se sentir si bas, si lamentable. Même s'il le voulait, je ne pourrais jamais le revoir sans me rappeler son regard inquisiteur et le sol qui s'est effondré sous mes pieds au commissariat ce 23 décembre alors que les guirlandes de Noël narguaient mon cœur en charpie.

J'ai reçu une semaine plus tard un courrier chez mes parents. Un dossier avec des petites kalachnikovs orange. Il avait juste mis un Post-it dessus. Avec un mot : « Bonne continuation dans vos aventures, Violaine… » J'ai dû le conserver quelque part, je crois… Dans mon portefeuille. Recouvert de papier plastifié pour ne pas qu'il s'abîme.

J'ai écrit à Valentin pour lui présenter mes excuses. Il m'a répondu que depuis qu'il était en prison sa femme s'occupait très bien de lui et qu'il avait entrepris une thérapie fort intéressante. Il m'a expliqué qu'en fin de compte il avait trouvé la paix, depuis qu'il avait découvert que le véritable coupable de la situation était son propre père qui l'avait traumatisé enfant en ne donnant de l'argent à sa mère que sur justification des tickets de caisse. Ma mère, sommée de réagir sur cette causalité, s'en est sortie en déclarant que l'ego est une pâte bien fragile qui ne prend qu'avec un dosage complexe d'ingrédients bien administrés. Mon père a hoché la tête en regardant avec inquiétude Corentin et Célestin qui se battaient à coups de frites à l'autre bout de la table.

Lorsque l'avion amorce son atterrissage, je commence un peu à paniquer. C'est bien beau de clamer que l'on va tout quitter et partir loin, loin. Quand on prend conscience qu'on est effectivement très loin, ça fait tout drôle. Je suis seule avec ma trouille et mon tas de casseroles. En descendant, je suis immédiatement assommée par la chaleur. Une chaleur si forte que j'ai subitement envie de me coucher par terre comme un lézard et de ne plus bouger. Comme je suis au milieu de la passerelle, je n'en fais rien. J'arrive à grand-peine devant le tapis roulant qui doit me recracher mon sac. Je prends mes affaires et regarde autour de moi. Je sais que c'est le comptable du centre, un autre volontaire arrivé depuis quelques mois, qui doit venir me chercher. J'ai eu au téléphone à plusieurs reprises le père responsable du centre. Son enthousiasme quant à ma venue me laisse perplexe. En tant qu'ex-professionnelle du recrutement je sens l'arnaque. En effet, il a prononcé les mots suspects « autonomie forte, petite équipe, aventure formidable ». Ce qui signifie « pas d'organisation, pas de moyens, gros bazar ». L'école fonctionne grâce aux dons. Moi qui ai une grille de salaire dans la tête après trois ans à parler de rémunération à tout bout de champ, je devrai me contenter d'un dédommagement non garanti qui correspond à peu près annuellement à mes appointements de baby-sitter en 1998. Cela m'apprendra. Je devrais proposer à Tristan ma vie comme inspiration de sa prochaine élégie, sur le thème : grandeur et décadence d'une gourde. Il pourrait jouer sur le mot gourde comme allégorie de la matière insipide de mon être. Je commence à fatiguer, je suis censée attendre le comptable, il s'appelle Bobby et aura une casquette verte. Pas de quoi me faire trépigner d'impatience a priori, mais je commence à me sentir mal par cette chaleur. D'autant plus que je dépare avec ma longue jupe beige. À Paris, elle m'avait semblé parfaitement convenir à l'état de vie quasi monastique d'une professeur de français au cœur du Congo. Là, au milieu des boubous multicolores, j'ai l'impression d'être affreusement terne et blanche. J'ai peut-être le temps d'aller faire les boutiques pour me fondre dans les parfums et les couleurs.

Quelqu'un me tape sur l'épaule, je sursaute et me trouve face à un grand type blond avec une casquette verte. Il me fait un sourire et me tend la main. Une très grande main amicale.

— *Violaine, I presume.*

— Oui, *yes*, bonjour.

Je savais que le centre accueillait des volontaires d'origines diverses. La mondialisation fait de chaque dispensaire ou centre exotique un potentiel vivier de jeunes énergumènes de toutes nationalités en quête de sens (moi par exemple).

— *Welcome Violaine, I'm Bobby, Robert Herrington.*

— Mister Herrington !

Tout ce que je peux vous dire de Robert Herrington maintenant que je l'ai trouvé, c'est qu'il ne porte pas de moustaches…

Remerciements

À tous mes collaborateurs qui supportent mon mauvais esprit depuis trois ans.

À Guillaume qui a eu le formidable sens de l'humour de m'épouser et qui n'a pas fini de rigoler…

À mes premiers lecteurs, Hombeline, Guillemette, Caroline et Xavier.

À la tribu Terrenoir qui m'a rendue allergique aux marioles et totalement inadaptée au monde contemporain.

À Luc Tesson pour son illustration.

À Jean-Laurent Poitevin pour son engagement.

Mise en pages PCA
44400 Rezé

Achevé d'imprimer en Espagne
sur les presses de
CPI Black Print Iberica
en janvier 2012

POCKET - 12, avenue d'Italie - 75627 Paris Cedex 13

Dépôt légal : février 2012
S21685/01